JN105237

北鎌倉の豆だぬき

売れない作家とあやかし家族ごはん

和泉 桂

SKYHIGH文庫

目次

KITAKAMAKURA NO MAMEDANUKI

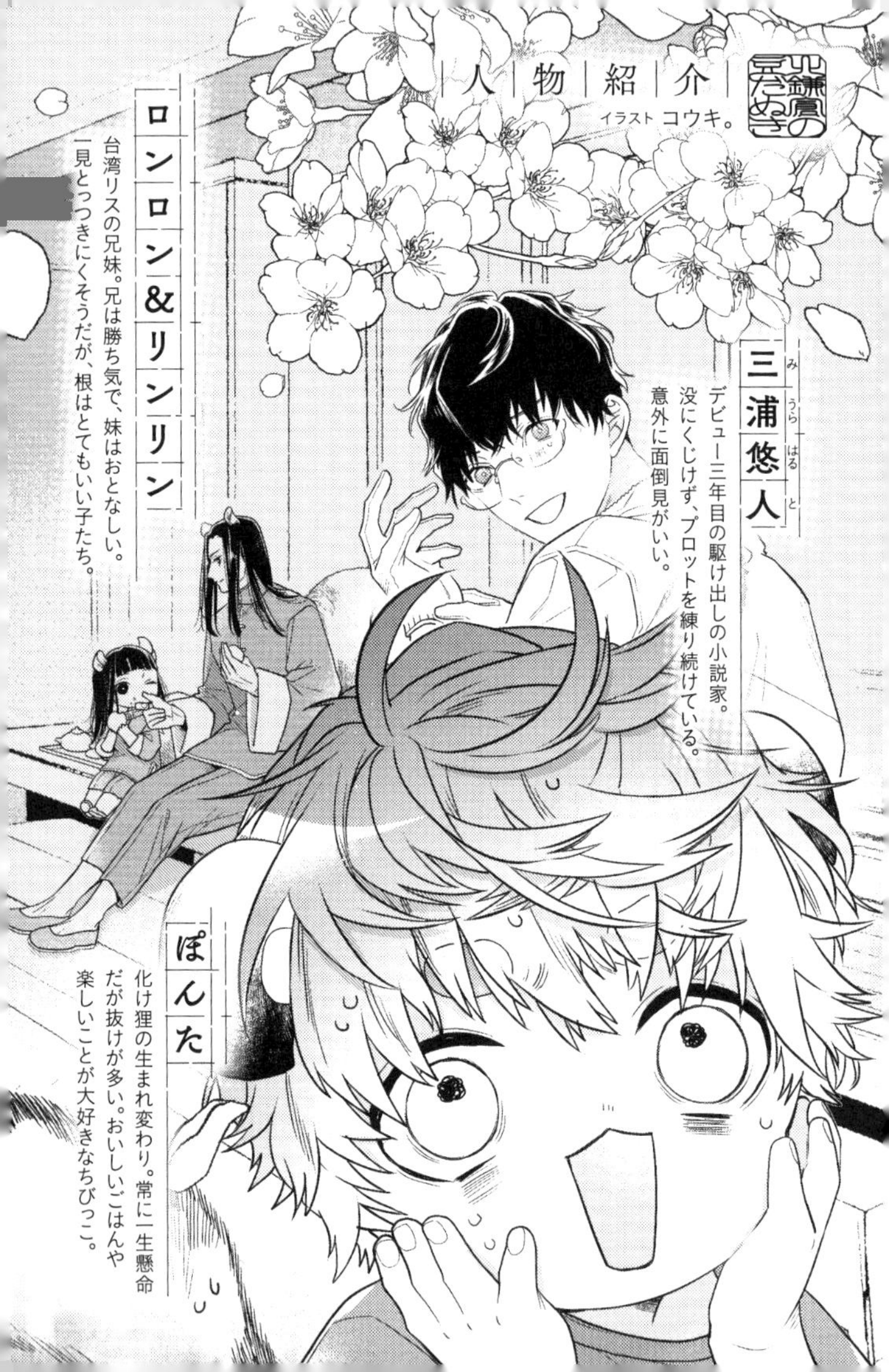
北鎌倉の豆だぬき
人物紹介
イラスト コウキ。
三浦悠人《みうらはると》
デビュー三年目の駆け出しの小説家。没にくじけず、プロットを練り続けている。意外に面倒見がいい。
ロンロン&リンリン
台湾リスの兄妹。兄は勝ち気で、妹はおとなしい。一見とっつきにくそうだが、根はとてもいい子たち。
ぽんた
化け狸の生まれ変わり。常に一生懸命だが抜けが多い。おいしいごはんや楽しいことが大好きなちびっこ。

船《ふな》岡《おか》
人力車の車夫。実は、ぽんたの天敵・駕籠《かご》かきの生まれ変わり。顔は少し怖い。
小《こ》町《まち》谷《や》
羽山の小学校時代の同級生。手先が器用。
琥《こ》珀《はく》
八幡様の近くの祠にいる、由緒正しき狐。涼やかな少女に変化できるが、内面は可愛らしいツンデレ。
羽《は》山《やま》祐《たすく》
悠人の友人で担当編集。イケメンで人懐っこい。そして可愛いものが好きすぎるという一面がある。

第1話

早春

新しい同居人と変わり餃子

第1話　早春　新しい同居人と変わり餃子

1

北鎌倉《きたかまくら》の春は、花とともに始まる。

たとえば足許に咲く可愛らしいたんぽぽ。おおいぬのふぐり。ご近所の庭に揺れる清楚な水仙《すいせん》。

そうした身近な花だけではなく、鎌倉《かまくら》のお寺は花で有名なところも多い。

紅梅、白梅、蝋梅《ろうばい》。年が明けてから見かけたものを指折り数えると、すぐに両手が塞がってしまう。

あと二、三日のうちに、若宮大路《わかみやおおじ》の段葛《だんかずら》の桜が可憐な蕾を綻《ほころ》ばせるのだろう。

「あのきいろいのはなんですか?」

三浦悠人《みうらはると》の傍《かたわ》らを歩くのは、ぽんた。

見た目は三、四歳児で、トレーナーの上にフリースを着ている。人間の姿になると毛皮がないせいか、ぽんたは悠人以上に寒がりだ。

「あれはレンギョウだよ。初めて見る？」

「まえからしっていましたが、なまえはいま、しりました」

つま先立ちで、ぽんたがつんつんとレンギョウの花をつつく。

「春って感じだね」

長い枝に楚々《そそ》とした黄色の花が並び、春の訪れにふさわしい華やかな色味だ。葉っぱが出るより先に花が咲くので、そこがまた面白い。

「ぽんた、今日のいいことは見つかった？」

「いま、みつかりました」

「ん？」

「レンギョウのなまえを、おぼえました！　とても、きれいなのです！」

獣《けもの》たちの神様なるものとの約束で毎日地道に『いいこと』を探すぽんたの心に、レンギョウの花の愛らしさは刺さったらしい。

「それはよかった。でも、そろそろ戻らないと……」

「もっと、いいことさがしたいのです！」

「でも」

もこっ。

ジーンズの尻のあたりが大きく盛り上がり、悠人はぎょっとする。

「帰ろう！」

「ふえ？」

「変身が解けかけてるよ！」

「えーっ」

ぽんたが驚いたように振り返ったが、今度は被っていた帽子が上部にぐわっと膨《ふく》らむ。

まずい。

まだ夕方で人通りも多い時間帯だ。悠人は慌ててぽんたを小脇に抱えると、急な上り坂をダッシュする。

はあはあと息を切らせて門から飛び込み、玄関の鍵をかちゃかちゃと開けてぽんたを家の中に押し込む。同時に、「ふしゅうううう」とぽんたが気の抜けた声を出した。

「セーフ……かな……？」

ご近所さんに見られたかは謎だが、とにかく、間に合った——のだろう。

「すばらしいのです！」

三和土《たたき》に下ろされたぽんたが、ぱちぱちと手を叩く。

対して、悠人はぜえぜえと肩で息をしていた。

毛羽立ったフリースに、首元のゴムが伸びかけたトレーナー、そしてゆるゆるのジーンズ。これらの衣服は、ぽんたと暮らしているのに気づいたご近所さんがくれたお下がりだ。

――ちっちゃい子と二人で大変ねえ。お父さんなの？

――ええ、まあ。

どうやらご近所さんの設定では、悠人は奥さんに逃げられたシングルファーザーとなっているらしい。

しかし、それは大いなる誤解だ。悠人は独身で、恋人はいない。デビュー四年目で売れない駆け出しのエンタメ作家で、ここ北鎌倉にある友人の家を管理するのと引き替えに、無料で住ませてもらっている。そこに転がり込んできたのが、ぽんただった。

急に降って湧いて同居を始めたぽんたが、じつは赤の他人だと明かせば社会的に大問題なので、ご近所さんに特に弁明をしていない。幼稚園や保育園に行かせないのは、ぎりぎり、教育方針で言い訳できる。

そう、この子は悠人にとっては親族でも何でもない。

何を隠そう、ぽんたの正体は鎌倉でも有名な化け狸――の生まれ変わりなのだ。

何でも、彼を可愛がってくれたのが江戸《えど》時代の建長寺《けんちょうじ》の住職で、彼は和尚様《おしょう》にもう一度会いたいがために生まれ変わっているのだそうだ。

神様との約束は、人間に『いいこと』をするというもの。そうして、昔ぽんたが犯してしまった罪を償《つぐな》うのだ。

そして、ちびっこにしか化けられないぽんたを悠人は放っておけず、彼を拾った縁で同居している。

ちなみに、この家の敷地はたまたま動物たちにとっては貴重な霊地で、ぽんたが変身をキープできるのも土地のもたらす力のおかげなのだとか。ほかの動物たちもここでは変身ができるのだから、驚きだった。

そんなぽんたをすんなりと受け容れられたのは、鎌倉という土地柄と、悠人自身が作家という想像の世界に生きる人間だからだろう。

「ごしゅじん、おなかがすいたのです！」

「待っててね、すぐに何か作るよ。夕食何がいいかなあ」

「ゆうごはん！　ゆうごはん！」

嬉しげに声を上げるぽんたは、食い意地が張っているので、料理を作るには張り合いのある相手だった。

「きょうもおいしいゆうごはん！」

妙な歌を歌いながら、ぽんたが靴をぽいぽいと脱いで洗面所へ向かう。その靴を揃えてやりながら、これをきちんと片づければ『いいこと』に加算されるんじゃないだろうか、と悠人は密かに考えるのだった。

「ゆうごはんはなににするのですか⁉」

「そうだね……たらの芽とふきのとうをもらったから、天ぷらはどう？」

「天ぷら？」

「うん、さくさくでほくほくの天ぷら。あじもあるしね」

「ごちそうだらけなのです！」

ぽんたが浮かれた様子でスキップをしたので、それが微笑ましい。もともと悠人は食べることそのものや自炊は好きだったが、ぽんたと暮らし始めてそれが加速している。食卓は複数で囲むのも楽しいと、ここに来て実感していた。


翌朝、悠人は着古したトレーナーによれよれのスウェットの格好で、軍手をきっちりとはめていた。右手に持つのは、新品のくわだ。先代は年季が入りすぎて柄が折れてしまったので、買い換えたのだ。平らな鉄板はぴかぴかで、今日がデビューだ。

「いくぞ」

悠人は自分に活を入れるように小さくつぶやき、くわを頭上に振る。

「おお、ごしゅじん！　ぽーずがのうかさんみたいです！」

ざくっ。ざくっ。

くわを振り上げて、地面に向かって下ろす。それだけの動作なのだが、作家という仕事柄、普段から運動不足な悠人の場合はかなり腰に来る。

「ぽんた、そこにも」

リンリンの指示で、身体を屈《かが》めたぽんたが小石を拾う。

髪の長いリンリンは、ぽんたより少し年上と思われる愛くるしい幼女だ。向こうで雑草を抜いているのは、ロンロン。リンリンの兄だった。二人は普段はなぜかチャイナ服を好むが、さすがに今はTシャツとズボンだ。リンリンは髪の毛をツインテールに結わえ、ロンロンはポニーテールにしている。

彼らの正体は台湾《たいわん》リス。彼らはやはり、この霊地の恩恵で変身していられるそうだ。

「よし、あとちょっと」

今のうちに区切りがつくところまで、終わらせたい。

ここに引っ越す以前は狭いアパートで生活していたので、こうして土いじりに没頭する楽しさを知らなかった。

「お荷物でーす」

誰かの声が聞こえてきて、悠人は顔を上げた。

その場にくわを置いてそちらへ向かうと、門前に宅配便会社の制服を着た青年が立っている。

「玄関の前に置いてください」

近頃では習慣になった言葉を告げて畑に戻りかけたが、青年は「あの」と申し訳なさそうな口ぶりで呼び止めてきた。

「たくさんあるけど、いいですか？」

「たくさんって、二個とか三個とかですか？」

「五個です」

「五個⁉」

驚きのあまり、悠人の声が上ずった。

確かに悠人も人並みに通販を利用するけれど、だからといって五箱も届くほど買い物をした覚えはない。

「じゃあ、玄関に置いてもらえますか？」

「かしこまりました」

門とドアを開けて、屋内に荷物を運び込んでもらう。

運ばれてきた荷物は、間違いなく五箱あり、いわゆるみかん箱より大きい。たぶん、宅配便で送れる最大サイズに近いのではないだろうか。

送り主は、ここの家主の羽山《はやま》だった。

献本やら何やらを送ってくれるのはままあるが、こんなにたくさんというのは初めてだ。

「とりあえず、片づけるか」

さすがに五箱も玄関にあっては、邪魔で仕方がない。一番上の一つを持ち上げようと底に手を差し込む。

「うっ」

重い。

数センチ上げかけたところで、一瞬、腰に痛みが走った。

これは——まずい。

羽山の部屋は二階にあるが、そこまで持っていく自信がない。

「ごしゅじん、それはおいしいものですか?」

わくわくした面持《おもも》ちのぽんたに聞かれ、悠人は苦笑した。

「残念ながら、服と本って書いてある。食べ物じゃないみたいだよ」

「えーっ」

ぽんたは至極残念そうな顔で肩を落とす。

「だれのごほんなのですか?」

「羽山からだから、羽山のかなあ」

そのとき、ぽんたがいきなり振り返った。

「そとに、おきゃくさまです!」

耳を澄ますと、門前にタクシーが停まったようだ。エンジン音や話し声、ドアのばたんと閉まる音からそう推察できる。

門を押し、慣れた様子で鉄扉を閉ざす軽快な音。

玄関のドアを開けて入ってきたのは、羽山だった。

「おはよう！　って、荷物もう届いたんだ？　時間指定しなかったのにラッキー」

さすがイケメン、朝から爽《さわ》やかな空気を身にまとっている。

「おはよ。この荷物、どうしたの？　すごい量なんだけど」

悠人が尋ねると、羽山はにこっと笑った。

「じつは、しばらくテレワークになっちゃって」

「あ、そうなんだ」

昨今では、テレワークを導入する会社が増えている。それもあって、都心に毎日通勤しなくて済む層を中心に、鎌倉や藤沢《ふじさわ》に引っ越してくる人も増加傾向だという記事をネットニュースで読んだ。

「それで、せっかくだから、当分こっちで暮らそうかと思って」

「えっ」

悠人は一瞬はびっくりしたものの、ここは羽山の家で、自分は管理人にすぎない。家主が戻ってきたっておかしくはなかった。

「ごめん、まずかった？」

「まさか。ここの家主はおまえだし、べつに僕に気兼ねする必要ないよ。僕のほうこそ、いると邪魔じゃない？」

「にぎやかで楽しいんじゃないかな。それに、今は悠人に貸してるんだから、おまえがこの主人だろ？　決定権はそっちだよ」

かえすがえす、羽山はいいやつだ。

俺が家主なんだから好きにさせろと言えばいいのに、こちらを気遣ってくれている。

羽山は顔もよく性格もよく頭もいい。三拍子揃った奇蹟のイケメンで、悠人のように清潔感以外は取り立てて長所がない人間からみれば、嫉妬《しっと》する気も起きない。

大手出版社に勤務する彼は悠人の担当編集で、悠人に投稿を勧めてくれた。危なっかしい二人三脚をしながら、何とか仕事を仕上げている。

「担当編集と二十四時間一緒っていうのも、ちょっと嫌かもしれないけどさ」

「そうかな？　校正とかすごく楽そうだよ」

「いやいや、おまえの場合は著者校正に行き着くまでが大変だろ？」

「うっ」

なかなかプロットが編集会議を通過しないことを思い出し、悠人は言葉に詰まった。

「ごめん、冗談だって」

悪戯《いたずら》っぽく笑った羽山は、右手に引っかけた保冷バッグを振ってみせた。

「これ、冷蔵庫入れとくね」

「お土産？」

「生ハム。家飲みのつまみだったけど、結構しょっぱいから持て余しちゃって」

「了解」

洗面所から戻ってきた羽山は、既に腕捲りをしている。

「手伝うよ」

さすがに見ているだけというのは、寝覚めが悪い。

悠人も洗面所に向かい、手についた泥を洗い流して玄関に戻った。

「おてつだい！」

いつやって来たのか、玄関でそわそわと待っていたリンリンとぽんたが、顔を見合わせる。

「おてつだい！」

もう一度お手伝いコールを投げられたが、この重量の荷物を持たせたら二人が潰《つぶ》れてしまう。

「気持ちは嬉しいけど、服の箱はこれだけなんだ。あとは資料の重～い本なんだ。中身だけ少しずつ部屋に持ってくから」

階段を上がっていく羽山の声が、次第に遠のいていく。

「開けてもいい？」

「もちろん」

二階から声が降ってくる。

その間にもぽんたとリンリンは全力で段ボール箱を押そうとしている。だが、段ボール箱はぴくりともしない。

「いわのようなのです……」

「おもいの～」

はあはあと肩で息をしていた二人は、数センチ動かせたところでギブアップして三和土に座り込んでしまった。

「これは僕がやっておくから、ぽんたは畑に置いてある道具をしまってって、ロンロンに伝えてくれる？」

「それなら片づけた」

玄関から入ってきたロンロンは、さっと屋内に上がってしまう。洗面所から、手を洗う音が聞こえてきた。

「ありがとう」

「うん。二人とも、手を洗ったか？」

「あっ」

慌ててぽんたたちが、洗面所に駆け込んだ。

そのあいだに、悠人はカッターで丁寧に箱を開封した。箱いっぱいにぎっしりとハードカバーの本が詰め込まれており、専門書のようで一冊一冊が分厚くて重い。

「やるか」

ひとまず、両手で持てるだけの本を持って羽山の部屋に行くと、彼は雨戸を開けたところだった。

午前中の陽射しが、部屋に入り込む。空気が入れ替わるのがわかる。

「ごめんごめん、閉め切ったままで」

「気にするなよ、誰もいないなら、普通開けないよ」

「連絡くれれば、前もって換気くらいしておいたのに」

「突然思いついたから、荷造りで精いっぱいだったんだ」

言いながら、彼は少し懐かしそうに目を細めて山のほうを眺めている。

「いい空気だなあ……」

「それより、荷物運んじゃっていい？」

「忙しいんだろ」

気遣うように言われたが、さすがにそれくらいの時間はある。

「さっきまで畑仕事してたくらいだよ。それに、あそこに置いておくとぽんたたちが転びそう」

「そうだな。いっそ大掃除、するか」

「持ってくるよ」

玄関から何往復すれば運び終わるかを考えるとげんなりするが、腰を守るためには無理はできない。

階段の上から下を見下ろした悠人は、階段の真ん中のあたりにリンリンが、下のほうにぽんたが佇《たたず》んでるのに目を留めた。

「そこにいると危ないよ」

万が一、ぶつかったら身の軽いちびっこが転げ落ちてしまいそうだ。

すると、リンリンが何か言いたげに、上目遣いに悠人を見上げる。

「どうしたの？」

「おてつだいをするのです！」

リンリンの代わりに、ぽんたが下から声を張り上げた。

「んん？」

とんとんと階段を下りていくと、玄関の箱の近くにはロンロンが立っていた。

「おまえは一番上だ」

「え？」

箱の傍らにスタンバイした彼は本を掴み、それをぽんたに手渡す。

ぽんたが二、三段上がってリンリンに渡すと、彼女が「おにいちゃん！」と明るい声で悠人を呼ぶ。

女の子のリンリンが動かないで済むように、ぽんたと悠人がなるべく階段を上下する。

なるほど、これならちびっこたちのお手伝い欲を満たせるし、悠人も助かって一石二鳥だ。

リンリンから本を受け取った悠人が数段上がって、羽山の部屋の前に本を置く。

物音に気づいて顔を見せた羽山は、四人の作業に目を丸くする。

「それ、すごいな。効率がいい」

羽山の褒《ほ》め言葉に、リンリンがぱっと頬を染めた。ぽんたも得意げに胸を張っている。

階段の上からはロンロンの顔は見えないが、彼も嫌な気分ではないだろう。

「三人には慣れないことだし、疲れたらいつでも抜けていいからね」

「うん！」

「行くぞ」

「はーい」

まるで、一種のバケツリレーみたいだ。

「ほい！　ほいさ！」

いったいどこで覚えてきたのか、ぽんたが妙な合いの手を入れるのも、ひどく愉快だった。

「これなら早いな」

「うん！　おてつだい、たのしいの！」

興奮に目をきらきらと輝かせるリンリンが可愛くて、悠人はにこりと笑った。

「お手伝いしてくれたなら、ごはんはうんとおいしいもの作らなくちゃね」

「わーい！」

とはいっても、羽山の蔵書はかなりの冊数だったので、荷解きも一仕事だった。

「ごしゅじん、おなかすいたのです……」

きゅうう、とぽんたはガス欠になっている。

「うーん、昼を重めで夜は軽くするか……」

悠人は腕を組み、冷蔵庫を覗き込む。冷蔵庫に入っていたのは豚肩ロースだ。ソテー用に買ったのだが、ちょうど生ハムが加わった。見れば生ハムは端が乾燥してきているので、そのまま食べるより加熱したほうがよさそうだ。確かサルティンボッカは生ハムがあれば、肉は何でもいいはずだ。

「よし」

まな板に置いた豚肉の筋を包丁で切ると、買い置きのドライセージをぱっぱっと振る。

そこに生ハムを載せて、少量のこしょうで味をつけた。生ハムが塩辛いので、味は最後に整えるくらいでいいらしい。

肉の両面に小麦粉をまぶせば、下ごしらえは終わりだ。

次に手早く付け合わせのサニーレタスを洗い、ざるに上げてサラダの準備は完了。

そのあとに、バゲットをトースターに放り込む。忘れかけていたのでやかんでお湯を沸かし始め、ポットにはアッサムの茶葉を適当に入れた。

フライパンに火を点けると、オリーブオイルとバターを落とす。

まずは生ハムの面を下に焼き色がつくまで加熱し、ひっくり返す。

逆に、反対側の面はじっくりと火を通す。

大皿に肉を移すと、今度はフライパンに白ワインとレモン汁とドライセージを投入。とろみが出るまで煮詰めて、ソースを作った。

「完成！」

「とってもいいにおいがするのです……」

うっとり顔のぽんたが、背伸びをしながらフライパンの中を見ようとする。

「油が跳ねると危ないよ。ロンロンとお皿を出してくれる？」

「ぬかりありません。ふぉーくとないふも、ならべたのです」

「すごいなあ」

悠人が褒めると、ぽんたはえっへんと胸を張った。

「そそる匂いがしてきた」

「あ、ちょうどよかった」

呼ぶ前に羽山が下りてきて、戸口に顔を見せた。

「手が込んでるけど、昼から豪勢すぎない？」

「夜は軽く済ませるよ。今は、エネルギーチャージしないとね」

「これ、生ハム？」

豚肉に載っているものが何か、羽山は目敏《めざと》く気づいていた。

「うん、端っこ乾いてたから使っちゃった。だめだった？」

生ハムの面はあまり火を通しすぎないようにしているので、風味は残っているはずだ。

「まさか。そのために持って帰ってきたんだし、みんなでおいしく食べられるなら歓迎だよ。お洒落な料理だな」

「サルティンボッカ」

悠人が口に出すと、羽山は「イタリアン？」と尋ねる。

「確かそうだったと思う。前にレシピをメモってたから」

「へえ」

「冷めちゃうから、食べよう」

「はーい」

食卓についたぽんたたちと、「いただきます」と声を揃えた。

人間二人に動物三人（匹？）、にぎやかな食卓だ。

「どう？」

「旨い。生ハムの塩味がよく利いてる」

悠人も口に運んでみたが、豚肉自体の旨みに生ハムの塩味、爽やかなハーブの香り、そしてシンプルな白ワインのソースがしっとりと絡んでたまらない。これは、白いごはんにも合うんじゃないだろうか。最後にソースをごはんにかけるとか。

「ふわあ……これはがいこくのりょうりなのですか？」

感動したように、ぽんたがわなわなとしっぽを震わせている。

「そうだよ」

「口のなかでいろいろあじがするのに、ばらばらじゃない……。てんにのぼって、このままふわふわと、がいこくにまでとんでいってしまいそうです……」

ぽんたは両方のほっぺたにそっと手を添える。

「がいこくは、どんなにおいがするのでしょう……」

「リンリンとロンロンは口に合う？」

「うむ」

「おいしいの！」

二人から好意的感想をもらえてほっとする。

「羽山にはたくさん食べてもらって、早く掃除を終わらせてもらおうね」

「ああ」

ロンロンは深々と頷いた。

2

翌日も、朝から羽山は精力的にごそごそと動き回っているようだ。

悠人も原稿について相談したかったので、今日も手伝いを申し出た。

「え？　いいの？」

「うん」

「畑は？」

原稿について尋ねないのは、見れば進んでないのがわかるということか。

「少しくらい放っておいても大丈夫だよ。次に何植えるか、まだ決めてなかったくらいだし」

意外な提案だったらしく、羽山は目を丸くしている。

「サンキュ、すっごく助かる！」

これまでにもたびたび羽山が泊まりに来ていたとはいえ、本格的にここで暮らすには大掃除が必要なのだろう。

「お、見ろよ、これ」

「ん？」

いらないと言われた古い雑誌を縛っていたところ、羽山が紙の束を差し出す。

「歴史のレポートの下書き。赤入れしてある」

大学のときの歴史の授業だ。そこで、悠人は羽山と出会ったのだ。

「レポート、メール受け付け不可の先生だったもんな」

「そういえば、湯島《ゆしま》先生ってもう亡くなったんだっけ」

こうして整理していると、何だか、羽山の歴史の断片に触れているみたいだ。大半は悠人にとってよく知らないものだけれど、ある場所から急に自分との接点が生まれてくるのは、感慨深い。

「よし、これでいいよ」

古雑誌をまとめて、羽山が明るく声をかけた。

「あ、そう……？」

「あとは少しずつきれいにするよ」

「それは絶対やめよう。片づかないから」

生活しながら掃除する作戦は、たいてい失敗するものだ。

「信用されてないなあ。顔、怖いよ」

「中途半端が一番まずい」

悠人の迫力に羽山はたじろいだ様子だったが、真顔で頷いた。

ついでに階段やらトイレやらを掃除し、羽山の出したごみをまとめて移動させる。

そうしているうちに、身体がぎしぎしと悲鳴を上げてきた。

疲れた……。

簡単な昼食のあと、二人はどちらからともなく「休もう」と声を上げた。

「だな。とりあえず、これで十分だよ」

乱雑だった羽山の部屋は見違えるように整頓され、持ってきた本は一応本棚に収まった。

「ありがとう」

「どういたしまして」

自室に戻った悠人はばたりとベッドに倒れ込み、目を閉じる。

古雑誌やゴミ袋を階下に運ぶ。おおむねその繰り返しだけのはずなのに、どうしてこんなに疲れているんだろう……。

「…………」

目を覚ますと、部屋に入り込む陽射しがオレンジ色だ。

それでも起きる気力が湧かずに横たわっていると、ドアがきい……と音を立てて開いた。

「おなかがすいたのです～……」

ぽんたがドアの陰から、恨みがましくこちらを見つめている。

「ごめんごめん……夕飯か……」

悠人は起き上がって伸びをする。身体が怠《だる》かったが、昨日の昼食のサルティンボッカ以来、まともなものを作れていない。リンリンとロンロンは外で木の実でも食べているだろうが、そろそろぽんたはかんしゃくを起こしそうだ。

のろのろとドアを開けると、ちょうど、自室から出てきた羽山と鉢合わせになった。

「どうした？」

「飯の支度」

「あ、今日は俺がするよ」

「おまえが？」

「いろいろ手伝ってもらったから、お礼に」

「全部片づいた？」

「あとちょっと」

ためらいがちに白状され、悠人は首を横に振った。

「なら、今日はいいよ。全部片づけてもらったほうが世話ないし」

「わかった」

一人で台所に下りていくと、ぽんたが椅子に腰を下ろしてへたっている。

「きゅうう……」

「ごめんごめん、ガス欠だね。今、準備するから」

「おてつだい、するのです……」

「最後にレタス千切ってもらうから、それまでスタンバイしてて？」

「はい！」

ようやくぽんたの声に力が籠もったので、悠人は急いで料理にとりかかる。

何を作るかよく考えていなかったが、確か一昨日買ってきた合いびきが、そろそろ賞味期限を迎える頃だ。チルド室に入れてあったパックを見ると、やはり、賞味期限は今日になっている。

ひき肉は安くておいしいので、悠人たちの胃袋にとっては最大の味方の一つだ。

「ごしゅじん、ばんごはんはいったい何ですか⁉」

ぽんたが背後でぴょんぴょんとしながら聞いている。

「今日の夕飯はそのままハンバーグだよ」

「そのままはんばーぐ？」

「パン粉がないけど買いに行く暇もないし、作る時間もないよね。ないないづくしだから、このひき肉を塩こしょうしてワイルドに食べる！」

「わいるどに！」

意味などわからないだろうが、ぽんたは嬉しげに繰り返す。

「すぐできるからね」

「皿はどうする？」

ぬっとロンロンが割って入って来る。

「ふぉーく？　おはし？」

「フォークとナイフをお願い。お皿は丸いのなら何でもいいよ」

「ふむ」

琺瑯《ほうろう》のフライパンをガスコンロに置き、油を引いて加熱を始める。十分にあたたまってきた頃合いで、パックから出したひき肉を成形もせずにえいっとフライパンに乗せて焼き始めた。

外側を焼き固めてから、あとは蓋《ふた》をしてじっくりと火を通す。もしこれで火が通っていなければ、最後にレンジでチンすればいいので気が楽だ。

味つけはぐっとシンプルに、塩こしょうのみ。濃い味つけがよければ、希望者が自分でケチャップやソースをかける。

「やっと片づいたよ」

ふらふらしながら、羽山が二階から下りてきた。

「お疲れ。何か呑む？」

「呑む！」

羽山が目をきらきらと輝かせる。

「せっかくだからビールにしよっか。乾杯しよう」

「発泡酒じゃなくて？」

「僕だったらご褒美《ほうび》ビールが欲しいよ」

「大歓迎」

羽山はにっと笑って、冷蔵庫からとっておきの『鎌倉ビール』の瓶を取りだした。

最近では鎌倉でも各地のクラフトビールを出す店が増えたが、地元のビールには格別の思い入れがある。

「リンリンののみものは？」

「ぽんたはなんなのです⁉」

勢い込んで二人に問われ、悠人は顎のあたりに手をやる。

「お子様は……うーん、りんごジュースは？　お祝いだしね」

「なんのおいわい？」

リンリンが尋ねたので、悠人は、「羽山の引っ越しだよ」と即答した。

「おいわい！」

「そうか、祝いか……」

　ロンロンもどこか嬉しそうだ。

　子供たちには買い置きしておいたりんごジュースの瓶を開け（ロンロンを子供とくくるのは申し訳ないのだが）、お祝いの体裁を整える。

　すぐにハンバーグが焼けたので、ぽんたの手伝ってくれたサラダと一緒にテーブルにどーんと載せた。

「引っ越し、お疲れ様！」

　悠人が声をかけると、羽山はちょっと首を傾げた。

「引っ越したわけじゃないんだけど……マンションもそのままだし」

「細かいところはいいじゃん、みんな喜んでるし」

「まあ、そっか……そうだな！」

「かんぱーい！」

　ぽんたがいち早く声を上げたので、全員でグラスを合わせて乾杯をする。

　ガラス同士がかちんとぶつかる音が涼《すず》やかで、どこか心地いい。ビールの泡がぱちぱちと弾ける。

　いつもはお祝いごとがあっても悠人だけがアルコールをちびちびと飲むので、一緒に晩酌してくれる相手がいるのは新鮮だ。いや、そもそもお祝いごとなんて脱稿したときくらいだから、ほとんどない。

「ごはんは？」

立ち上がったロンロンにごはんをよそうのか聞かれて、悠人は首を横に振った。

「ありがとう、でも、まだいいよ。もう少し、飲んでたいし」

「ごしゅじん、おなかいたいのですか？」

「そうじゃないよ。ごはんはお酒のあとなんだ」

「ふうむ」

ぽんたの発言ももっともだろう。いつもは子供たちと食事を囲むのだが、食事時間は長くても三十分ぐらいだ。

「それより、ハンバーグ食べようか」

「はあい！」

朗《ほが》らかな返事が、食卓を明るく彩《いろど》る。

フライパンからあたためた大皿にハンバーグを移し、適当に切り分ける。

ほかほかと湯気が立つハンバーグは、最初はそのまま口に運ぶ。外側はかりっと焼け、噛むとじゅわっと肉汁が染みだしてきてほどよくしっとりしている。

おいしい。

「ほわあ……おにくです……」

「うん、ザ・ひき肉って感じだな。すごく旨い」

まさに肉、最強。豚肉と牛肉のハーモニーは完璧で、口の中は肉の味しかしない。そこにじゅわっと溢れる肉汁の暴力たるや……そのうえ白いごはんという最高の相棒が加わるのだ。満足しないわけがない。

「いっぱい食べて。残ったら、明日はパンにでも挟もう」

「はあい！」

リンリンが嬉しそうに手を上げた。

ケチャップとソースをかけてもよし、ポン酢で味をつけてもよし。空腹は最良のスパイスで、シンプルな料理は疲れた身体に単純に沁《し》みる。

「ごちそうさまでした！」

子供たちを引き連れてロンロンが洗面所へ向かったので、悠人は羽山と改めて飲み直すことにした。

ハンバーグが少し余ったので、包丁で粗めにばらしてから、にんにくのみじん切りと炒め直しておつまみっぽく手を加える。

「あ、ビール切れた」

冷蔵庫の前でしゃがんでいた羽山が、残念そうな声を発した。

「じゃあ、発泡酒にしよ」

「家飲み感が盛り上がるな」

発泡酒の缶を持ってきた羽山が、にっと笑った。

まるで、共犯者の笑みみたいだ。

「そういやさ、聞いた？　O社の編集さんで……」

話題は他愛もない業界の噂《うわさ》話だったり、最近読んだ本のことだったり。

それが新鮮で、すごく楽しい。

よく考えたら、家族以外の人間と同居するのは初めてだった（ぽんたは例外になる）。

「合宿みたいでいいな、これ」

「そうだな」

悠人は羽山と顔を見合わせて、改めて缶をぶつけて乾杯をした。

そんなわけで、その日は羽山と飲み明かしたのだった。

3

こうして、羽山を交えた新たな生活が始まった。

悠人たちは比較的規則正しい生活サイクルを守っているので、羽山がそれに合わせられるのかは疑問だったが、朝、彼は八時過ぎには起きだしてきた。

「おはよー……」

ぼんやりとした顔つきの羽山はインスタントコーヒーの瓶を手に取り、蓋を開ける。瓶を逆さにして、どさっと粉末を投入する。大胆な入れ方だ。

「量らないの？」

「適当でいいよ」

そのまま水を注いでレンジに入れたので、悠人には驚愕《きょうがく》しかなかった。

おおざっぱすぎないか……⁉

「……………」

思わずまじまじと羽山を見ていると、彼は眠そうな顔つきで欠伸《あくび》を一つ零《こぼ》した。

「掃除、そんなに疲れた？」

「それもあるけど、アレ読み始めちゃって」

「アレ？」

「昨日話してたやつ。電子で買えたからさ」

「あ、山伏《やまぶし》ミステリ！」

楽しげに声を上げると、羽山がぐっと身を乗り出してきた。

「読んだ？」

「読んだ読んだ。最初試し読みしたら、面白くて止まらなくてさ。即買っちゃった」

「わかる。うんちく多めの作風って少し飽きてきたかなって思ってたけど、提示の仕方が上手いんだよなあ。すんなり入ってきて、すごいよな」

「あれって、デビュー作っていうけど別ペンネームとかじゃないかなあ」

「確かに、書き慣れた感じがする」

同年代で同じ業界に身を置き、趣味もだいたい似たようなものだからか自《おの》ずと話が弾《はず》む。

「ごしゅじん！　きょうはかいものはどうするのですか⁉」

ぽんたに問われて、悠人ははっとした。

「羽山は？　何か欲しいものあるなら、買ってくるけど」

「あ、それなら自分で行くよ。さすがに頼むのは申し訳ないし」

「じゃあ、つき合うよ。持ちきれなかったら、また行かなきゃいけなくなるし」

「うわ、助かる。昼飯のあとでいい?」

羽山が破顔した。

「わたくしめもいきます! つれていってください!」

ぽんたがぴょんぴょんジャンプして、同行をせがむ。

「今日は時間がかかるかもしれないから、やめておこう」

「えー……」

ぽんたはしょんぼりと肩を落とした。

「ぽんたはここを離れたら、変身が長持ちしないだろ? そうなると僕たちも心配で、ゆっくり買い物できないよ」

「ごめんな」

羽山が申し訳なさそうに胸のあたりで両手を合わせたのを目にして、ぽんたは「しかたないのです」とつぶやいた。

「そのかわり、何か買ってくるよ」

「おみやげでございますか⁉」

「うん」

ぽんたの食いつきのよさに若干《じゃっかん》退きつつ、悠人は首を縦に振る。

「では、ながしまやのあわだいふくをおねがいします」

『長嶋家《ながしまや》』は、小町通《こまちどお》りにある昔ながらの和菓子屋だ。仁田《にた》米のもち米と粟《あわ》を加えたもちが特長の粟大福は、もちそのものの旨さに加えて食感もいいという、悠人の一押しのお菓子だ。

もちろん、ぽんたもここの和菓子が大好物だ。

「久しぶりだし、そうしよう」

「わあい！」

ぽんたがスキップのようにリズムを取って小躍りし始めたので、これは機嫌が直ったと見てほっとする。

「じゃ、行こうか」

「おいしいもの……」

躍っていたはずのぽんたが、不意に足を止める。

「ん？」

「ふたりだけで、おいしいものたべるのはきんしなのです！」

きりっと表情を引き締め、腕組みしたぽんたは顎をくいっと上げる。

いかにも食いしん坊らしい発言だった。

「ぽんたにはお土産を買うけど……」

「それとこれは、べつなのです。おみせでたべるからおいしいものもあるのです‼　ぬけがけはゆるせないのです……！」

「わかったよ」

いきなり雄弁になったぽんたに悠人は苦笑し、彼の頭をぽんと撫でた。


「行ってきまーす」

昼食後、二人は予定どおり鎌倉駅方面に出発した。

「悠人はスクーター乗ったら？　俺、チャリでいいから」

「さすがにそれじゃ大変だよ。亀ヶ谷《かめがやつ》を通れなくなる」

「まあ、そうだなあ」

亀ヶ谷の切通《きりどおし》は昔ながらの古道だ。アスファルトで舗装《ほそう》されているが、狭いうえに二輪か自転車、徒歩でしか通り抜けできない。おかげで北鎌倉方面から鎌倉へ向かうぶんには楽なのだが、逆は絶対にやめたほうがいい。悠人も二輪以外では、逆ルートを試したことはなかった。

そういえば、ぽんたを拾ったのは亀ヶ谷の切通を抜けるため扇ガ谷《おうぎやつ》に差しかかったときだっけ。

「じゃ、とりあえず北鎌倉から電車で行ってみる？」

「そうだな」

北鎌倉と鎌倉は極めて近いし、電車でならば数分の距離だ。買い物ならば鎌倉とは反対に大船《おおふな》に行く手もある。大船は大型店舗が多く鎌倉より便利だが、何となく、鎌倉方面に足が向いてしまう。

駅前で羽山は何を買うのか不思議だったが、チェーン店でスウェットを購入したあと、百円ショップで細々《こまごま》としたものを選んだ。

「夕食はどうする？　なんか疲れちゃった……」

「えっと、『キャラウェイ』は……月曜日は休みかぁ」

「テイクアウトもしたかったな」

キャラウェイは鎌倉でも有名なカレーの名店で、ランチタイムはいつも行列ができている。テイクアウトでも冷凍カレーを買えるので、何度か試したことがあったが、どのカレーも懐かしい家庭の味がしてとてもおいしい。

悠人のおすすめはチーズカレー。チーズがこれでもかといわんばかりにたっぷり入っていて、まろやかで風味がいい。ぽんたにも大好評だった。

ちなみに店舗で食べるときはごはんの量がかなりがっつりめなので、女性は小盛りにしておいたほうが無難だった。

「なら、シウマイは？」

「あ、賛成」

『崎陽軒《きようけん》』のシウマイは言わずと知れた横浜《よこはま》名物だが、鎌倉駅前のスーパーに出店しているので簡単に手に入る。長嶋家でこしあんとつぶあんの粟大福を合計五個、それから夕飯のシウマイを買ってバス停をチェックすると、次のバス発車時刻まで十五分以上あった。

「コーヒーでも飲む？」

さすがにバス停で二十分近く待つのは虚《むな》しすぎる。書店にも寄ってしまったし、時間を潰す手段がなかった。

「小腹が空いたんだよな……」

「あ」

そこでぽんと羽山が手を叩いた。

「じゃあ、おしるこは？」

「え？」

「久しぶりに『納言志るこ《なごんしるこ》』に行きたいんだ」

「でも、ぽんたに悪くない？」

「黙ってれば気づかれないよ」

羽山の言葉に、それもそうだと思い直す。

こうして二人が向かったのは、小町通りの脇道に折れてすぐの『納言志るこ店』だった。昔ながらの甘味処《かんみどころ》は、悠人も好きで、一人のときにはたまに立ち寄っている。

ぽんたを連れてお店に入るのもいいが、変身が保たないので心配ではらはらしてしまう。だから、こうやって大人同士で飲食店に入るのは格好の息抜きだ。何しろ、肝《きも》を冷やさなくて済む。

やはり、ここに来たら店名どおりにおしるこを頼みたい。

二人とも、メニューを見ずに田舎《いなか》しるこで即決した。

ちなみに、メニューは粒あんの田舎しるること、こしあんの御膳《ごぜん》しるこを選べる。

ほかにもあんみつやクリームあんみつなどのスタンダードな甘味がメニューに並んでいて、夏になるとこれにかき氷が加わる。鎌倉でも指折りの、老舗《しにせ》の甘味処だった。

「ぽんたに、ばれないことを祈るよ」

悠人は両手を合わせる。

「やけに気を遣うじゃないか」

「なんか、ちょっとぽんたの様子が変な気がして」

「俺におまえを取られて、淋しいと思ってるのかな？」

出されたお茶を啜《すす》り、羽山が不思議そうに首を傾げる。

「どうかなあ。今までも忙しいときは、ぽんたを放っておいて原稿にかかりきりだったし……そこまでペースが変わったとも思えないけどなあ」

「あ、来たよ」

お椀《わん》にたっぷり入ったおしるこが運ばれてきて、悠人の口許が緩《ゆる》む。

お盆にはきゃらぶきの入った小皿も乗っていて、おしるこの合い間につまんで甘さをリセットできる仕組みだ。

「いただきまーす」

熱々のおしるこにふうふうと息を吹きかけてから、まずは一口。

「あまーい……」

思わず二人の口から、同時に声が漏《も》れた。

このずしっとした甘さがたまらない。

甘さに導かれるように、舌のあたりから何かが解けていくみたいだ。それは疲れだったり、ストレスだったり、おそらくそんなものだ。

「おいしいね」

「ああ、この小豆《あずき》の量がすごいな」

おまけに、どこかレトロな店の雰囲気がたまらない。作りものとは一線を画した、懐かしさがそこかしこに漂っている。

そして、密かに好きな空間がここのお手洗いだ。昔懐かしい和式のしつらえで、おばあちゃんの家に行った気分になる。

「沁みる……」

「うん、やっぱりいい」

二人でほっこりとした時間を過ごしてから、どちらからともなくバス停に急ぐ。

一本逃してしまったが、幸い、次のバスはすぐだった。

荷物を抱えて羽山邸に戻ると、玄関ではぽんたが座り込んでいた。二人が現れたので
しゃきっと立ち上がり、すんすんと鼻を鳴らす。

「た……ただいま……」

まるで警察犬のようだ。

「あまいにおいがします！」

びしっと指摘され、悠人はぎくりとして羽山と顔を見合わせる。

嘘だろ……これでどうしてわかるんだ……？

「ぽんたにはわかる……おいしいものをたべたのですね!?」

しかし、ここで「食べていない」などと嘘をつくこともできない。

「ご、ごめん……ぽんた……」

「お腹が空いて倒れそうだったんだ。約束のお土産、買ってきたよ？」

それを聞いてぽんたははっとしたような顔になったものの、ぷいっと顔を背《そむ》けた。

「それとこれはべつなのです‼」

「ええ……？」

「栗大福買ってきたけど、それでもだめ？」

「！」

さも悔《くや》しげにちっちゃな手を握り締めるぽんたは、目を大きく見開く。

「く……っ……それなら、ゆるす……のです……」

「ありがとう、ぽんた」

地団駄《じだんだ》を踏まないだけ成長したのかもしれないが、かえって申し訳なさが募る。

ぽんたの面持ちからは相変わらず拗《す》ねているのが見て取れたが、今更どうにもならないので、悠人は気まずい思いで黙り込んだ。


そんなわけで、どことなくぎくしゃくとした雰囲気で夕食を食べ終え、リンリンとロンロンもどこかいづらそうな素振りで巣に戻ってしまった。

ぽんたは一階の板の間で布団をかぶって眠っているはずだ。

ここでフォローを入れたいのはやまやまだったが、今、ちょうど降ってきている。

そう、天啓《てんけい》のように閃《ひらめ》いたのだ。

帰り道に羽山と話したあとに書きかけの原稿で別の展開を思いついてしまい、その線で修正してみたらなかなか面白くなった。これはタイトルに関連させて伏線を張り直せるし、もっと書き込めそうだ。

つまり、面白くなりそうな手応えがある。

そんなわけで帰宅してからずっと机に向かっていた悠人は、はっと顔を上げる。

パソコンの時計は二十三時を示していた。

もう、こんな時間か……。

「……喉渇いたな」

寝る前に、水でも飲もう。それに、ぽんたの様子も見ておきたい。

そう考えてそろそろと階段を下りていくと、ゆらりと人影が揺れるのが見えた。

「⁉」

幽霊……⁉　泥棒か？

ぎょっとした悠人がまじまじと見つめると、台所には羽山が立っていた。

「は、やま……？」

「せっかく片づけ終わったし、一杯呑もうと思って」

にっと羽山は嬉しげに笑って、鎌倉ビールの瓶を示した。

「どこで？」

「縁側」

「ええっ⁉　寒いじゃん」

「風流でいいよ。月下独酌《げっかどくしゃく》ってやつ？」

「え？　えっと、杜甫《とほ》だっけ……李白《りはく》だっけ……？」

「ごめん、そこまでは覚えてないや」

さらっと流されて、悠人は声を上げて笑った。

「眠れないのか？」

「昨日一昨日は疲れて寝ちゃったし。片づけも一段落したから、ちょっとお祝い」

ついこのあいだも祝ったのにと思ったが、そこは突っ込まないでおく。

「懐かしいよな」

「今までも結構戻ってきてたじゃん」

「そうなんだけど……机も何もかも掃除してみて、改めて、ここを出てから何年も経《た》ってるんだなって、どきっとする。昔は両親もいたし」

「………」

羽山の両親は亡くなってしまっており、悠人は会ったこともない。もし彼らが生きていたら、ここで悠人が暮らす現状もあり得なかった。

人の命は、とても儚《はかな》い。

そう考えると、目許がじわりと痛くなってくる。

「あ、ごめん。落ち込んだんじゃないんだ。感慨ってやつ」

「……うん」

「前は何とも思わなかったんだよ。風呂場の棚一つ取っても、低すぎて俺には使いにくかったけど、何も変えられなかった。実家っていっても、俺の家じゃなくて両親の家だから。今は、親がいないから、俺がどうとでもできるわけでさ……そういうのって、なんだか……不思議なんだ」

突然、家を自由にする権利を渡された驚きと淋しさ。

それは、悠人がまだ味わったことのないものだ。

ましてや、羽山は一人っ子なのだ。

「そっか……そうだよなあ……」

「上手く言えなくてごめん」

ほかに表現方法がわからないとでも言いたげな顔つきで、彼は黙り込む。

しばらく、沈黙がよぎる。

「——でも、これも楽しいな。こうしてみんなでわちゃわちゃしてると、家族みたいだなって」

「家族？」

「そう。おまえはぽんきちの親みたいだろ。保護者っていうか」

羽山はいろいろな名前でぽんたを呼んでおり、彼がいないところでもそれを楽しんでいる。

「そうかなあ」

悠人は苦笑する。

「落ち着いたら、ぽんすけと仲直りしないとな」

「けんかしたわけじゃないけど、あれって怒ってたよね」

悠人は鼻の頭を掻《か》いた。

「昼間も言ったけど、淋しいんじゃないか？　今までおまえはぽんた中心に生活していたんだし」

「けど、どうしようもないよ。ぽんたとはミステリの話とかできないし」

「あいつなりに、背伸びしたいお年頃なんじゃないかな。おまえと一緒にいたいんだろう」

「それに、原稿がある限り身動き取れないよ」

「締め切り前に上げてくれたっていいよ？」

ぽんたの保護者であるのと同時に、悠人は売れなくとも作家なのだ。しかも、有り難いことに仕事がある。それでも書かない作家は、作家と名乗るのもおこがましい。

「そうだね。なるべく急いで書き上げるよ。それしかないと思うし」

「クオリティは落とさないように」

「わかってるよ」

とにかく、ぽんたのためにも原稿を終わらせるほかない。

悠人は月に向かってそう誓《ちか》うのだった。


そんなわけで、悠人はますますパソコンデスクに向かう時間が増えた。

幸い、羽山がそこまで繁忙期でもないので、代わりに家事の大半を引き受けてくれたのが有り難い。

さすがに目がしょぼしょぼしてきたが、全面書き直しに近いので、雑誌の締め切りに間に合わせるためにはこれしかない。

「……おにいちゃん」

台所でお茶を淹《い》れていたところでおずおずとリンリンに声をかけられ、悠人は顔を上げる。てっきり外で遊んでいるかと思っていた。

「どうした?」

「あのね……ぽんたが……」

「ん？」

リンリンから積極的に話しかけてくるのは珍《めずら》しくて、膝を折った悠人は彼女と目を合わせる。

「だらんとしてるの」

「だらん？」

「しっぽ……」

「しっぽ？」

ぽんたのしっぽがだらんとしている？

それって何か、よくない病気だろうか。

いや、そこは狸だし、ぽんたのしっぽはいつもだらしないような？

要領を得ずに表情を曇《くも》らせる悠人を見やり、ロンロンが口を開いた。

「元気がない、と言いたいのだ」

「ぽんたの元気がないって意味？」

こくり、とリンリンは頷いた。

さらさらの黒い髪が揺れる。

「お腹痛いのかな？　だけど、ごはん、いつもどおりに食べてたよ？」

「そうではなく……」

翻訳するのが不本意なのか、ロンロンは咳払《せき》いする。

「我々と違って、狸には兄弟がいないから」

「淋しいって意味だよね」

まいったなあ。悠人は頭を抱えたくなった。

「うむ」

「しばらく忙しくって。年上なのに、頼りにならなくてごめん……」

悠人は肩を落とす。

ぽんたのことは気にかかっている。だが、悠人にも自分の仕事があった。取りかかっている短編は、悠人としては少しでも完成度を上げたかった。前作の評判がよかったので、今回、こうして書かせてもらえることになったのだ。短編は単行本にまとめにくいが、上手くいけば、いい方向に話が向かうかもしれない。だとしたら、このチャンスを潰したくはない。

「三浦は悪くない」

ロンロンはぼそりと言う。

「我々は野生の獣なのに、あの狸はおまえに頼りすぎている。本来なら親離れしていることろ」

「それは和尚さんに可愛がられたから仕方ないんじゃないかなあ」

「獣は一人で生きるものだ。三浦が手を離したってかまわない」

その踏ん切りをつけられないから、ぽんたを淋しがらせてしまっているのだ。

「とにかく、頑張って仕事を早く終わらせるよ」

「リンリンたちが、ぽんたとあそぶの。ね？」

「ふん」

ロンロンは鼻を鳴らしたが、嫌だというわけでもなさそうだった。

とりあえず、ぽんたのフォローをしなくては。

ぽんたの根城である板の間へ向かうと、彼の姿はない。代わりに、にぎやかな話し声が
庭のほうから聞こえてきた。

「ぽんすけ、見つかったか？」

「ぬぬう……ないのですう……」

物置にいるのはわかるが、ぽんたの声はくぐもっている。

「まいったな」

羽山の声だ。

「あっ、あったのです！　やぬしどの！」

どうやら、羽山はぽんたに物置の奥を捜索してもらっているらしい。

「でかした！　これこれ、探してたんだよ。ありがとな」

「ふふん、ぽんたはやくにたつ狸なのですよ！」

おそらく、羽山はぽんたに任務を与えて、気持ちを上げるように仕向けてくれているのだろう。

この隙に、ぽんたのためにも仕事を急いで終わらせなくてはいけなかった。

誰かと暮らすって、こういうことだ。自分だけのペースではなくて、相手を思いやっていかなくてはいけない。それは少しだけ窮屈で、そして、少しだけ、幸せだと思えてくるから不思議だった。

4

羽山、リンリン、ロンロンの助けを借りて、ぽんたをなだめつつの日々が過ぎていく。

我ながら作業が遅いが、あとは最終チェックまで終わらせれば原稿を校正者に出せるから、そうすれば、一息つける。

ぽんたには明日まで待ってもらえれば、今度は羽山が忙しくなる番だ。

「ここさ、ちょっと表現が堅苦しくない？　ほかの文とマッチしてないっていうか」

「あ……直しておく」

言われた指摘には星印をつけ、目立つようにしておく。

「よし、これでいいか。直せそう？」

「明日までにならば……」

「ごしゅじん。やぬしどの」

ベッドの上にプリントアウトした原稿を広げて、二人で修正箇所のチェックをし終えたところに、とてとてとやって来たのはぽんただった。

「ん？」

「ふたりとも、いそがしいのですか？」

ぽんたに問われ、羽山は「どうして？」と爽やかに尋ねる。

「たいくつなのです……」

ぽんたはきゅうっと声を出した。

「このちょうしでは、よいことができませぬ……」

ぽんたはいじいじと両手を動かし、Tシャツの裾をいじっている。

「悠人はお仕事中なんだ」

「ぐ……だ、だって、やぬしどのはごしゅじんとおしゃべりしているのです。おしごとを、じゃましているのです！」

とうとう、この日が来てしまった。

ぽんたの言葉に、羽山は「ああ」と苦笑した。

「ぽんたのいいことと同じ。悠人にとっては、仕事はすごく大切なんだよ」

「でも、ぽんたはがまんしました。がまんは、つまらないのです……」

ぽんたはしっぽを震わせている。

「ごめんね、ぽんた。確かに、一緒に暮らしてるのにぽんたを大事にしてないように見えちゃうよね」

「うう……」

とりあえず、睡眠時間を削って執筆時間を捻出すればいい。

ベッドから腰を浮かせかけた悠人を片手で制し、羽山はぽんたに顔を向けた。

「ぽんすけ、ごはんの支度を手伝ってくれる？」

「それなら僕が……」

再び悠人は腰を上げかけたが、羽山は首を横に振った。

「悠人は直しがあるだろ。明日までに終わらせないと、ぽんたと遊べるのがまた遅くなる」

「そうなんだけど……」

距離が近くていろいろと原稿の相談ができるせいで、よけいに気になる箇所が増えてしまっている。

「わ、わたくしめはわるいこだから、てつだったりしないのです！　ごしゅじんや、やぬしどのといっしょがいいのです！」

限界に達したらしく、ぽんたが声を張り上げた。

「ぽんたが俺たちとの時間を大事にしてくれるのは、すごく嬉しいよ。でも、悠人は今、一人で頑張らなきゃいけないない時間なんだ。ぽんたと一緒の時間も、一人で仕事する時間も、どっちも大事なんだよ」

「いっしょは、わるいこと……ですか……？」

「なあ、ぽんた」

羽山が腰を下ろし、ぽんたの目を見据える。

「お腹がいっぱいのときにごはんを食べても、そんなにおいしくないだろ？」

「おなかいっぱいのときは、たべないのです」

「だけどほら、お呼ばれして出されちゃうときとかあるじゃないか」

「……はい」

「ごはんは、お腹空いてるときに食べるのが一番おいしい。そうなるまで我慢するのも、大人のやり方なんだ」

「おなかを、わざとすかせる……？」

ぽんたが首を傾げた。

「そんな感じ。悠人と一緒にいたい、遊びたいっていうぽんたの気持ちはすごくよくわかる。好きな相手と一緒にいるのは、楽しいよな」

「はい！」

「だから、一緒にいられる時間まで我慢して引き延ばすんだよ。一番おいしい時間になるまで、待つ」

「まつ……」

羽山の言葉に、ぽんたは興奮したらしく頬を真っ赤にさせた。

「そのほうが、もっとたのしいのですか⁉」

「うん。悠人のためにもなるし、ぽんたももっと楽しくなる」

「だったら、まちます！」

あっさりとぽんたは答えた。

「じゃあ、今は、リンリンたちと遊んでおいで」

優しい声だった。

「あそびは、いいことですか？」

「そうだよ。友達と仲良くするのは素敵なことだ。俺も悠人も、ぽんたが楽しそうにしているだけで嬉しくなる。楽しんで待っててくれるのが、わかるからさ」

ぽんたは「はい！」と目を輝かせた。

「あそんでくるのです」

「六時前には戻って来いよ。ごちそうが待ってるからな」

「はあい」

ぽんたはさっさと姿を消してしまい、二階には二人が残された。

「羽山、おまえって料理する？　何作るの？」

「まあ、見てなって。今時料理のネタなんて、ちょっと検索かければすぐ見つかるし」

「大丈夫かなあ」

心配しつつも、この原稿を早めに終わらせて、羽山にチェックしてもらって校正者に出さないとまずい。

「大丈夫だって。それより、明日の朝には校正者さんに渡すことになってるから」

「うん」

校正者は外注なので、もし間に合わないとなると待ってもらえない。予定を組み直す事態は避けたかった。

部屋から出ていこうとしたところで、羽山がいったん足を止める。

「餃子《ぎょうざ》の皮ってあったよな？」

「あ……うん、冷凍してあるよ。確か、二袋」

餃子の皮は便利なので、ひき肉と並んで常備してあるものの一つだ。

「オッケー」

羽山は楽しげに頷いた。


しばらく経つと、階下から何ともいえぬ匂いが漂ってきた。

どうやら、揚げ物をしているようだ。

餃子の皮と言っていたし、揚げ餃子だろうか？

香ばしい匂いは食欲を刺激する。

早く食堂に行って一杯やりたかったが、そこは我慢我慢。

何度か食欲に負けそうになったものの、やっと原稿が一段落ついたので、階段を下りていく。

「いい匂い」

「お、ちょうどいいな。今、いろいろできたところだ」

「すごいね」

テーブルを片づけながら二人で話していると、ひょいとぽんたが顔を覗かせた。

「お帰り、ぽんた」

「ただいまなのです。おなかが、ぺこぺこなのです。せなかとおなかがくっつきそうなのです！」

ぽんたが捲し立てた。

「じゃあ、一緒に悠人の仕事が終わったお祝いをしよう」

「おいわい⁉」

このところお祝いばかりしているような気がするが、脱稿した喜びで心も身体も軽かった。

「そう。みんなで祝うんだ」

「それはすてきです。いいこと、ですね⁉」

いいことだと思ったらしく、ぽんたの声は軽やかに弾んでいる。

「うん。よかったら、あの二人も呼んできてくれる？　いるかわからないけど。足りるよね？」

「平気、たっぷりあるよ」

羽山は、にこっと笑った。

「しょうちなのです！」

ほどなくして、ぽんたはリンリンとロンロンを従えて戻ってきた。

「ただいまなのです」

「いいにおい……」

ほわあ、とリンリンがうっとりとした口調になる。

「だろ？　さ、座って」

「これは……餃子、か……？」

ロンロンが首を傾げるのを見て、羽山はにやっと笑った。

「大正解。揚げ餃子だよ」

「揚げ餃子？」

「餃子の皮にいろいろなものを包んで揚げたんだ」

「あっ」

リンリンが声を上げた。

「やみぎょうざなら、しってるの！」

「闇餃子、楽しいよな」

それぞれが中にいろいろな具を入れて、皆で焼いて食べるものだ。中身が何かは、食べてからのお楽しみというやつだ。今回も、一種の闇のゲームだ。

「さ、あったかいうちに食べて」

「いただきまーす」

それぞれが山盛りの餃子に手をつける。

どれが何かわからないのだが、それが楽しいはずだ。幸い、ぽんたたちが苦手なものはない。

「どう？」

かりっと揚がった餃子の皮が香ばしい。さくさくとしていて、噛んでいくうちに熱々の具に行き当たる。とろりと口の中で溶けて広がっていくミルキーな味わいだ。

「僕のはチーズだ」

おまけにしそまで入っていて、しその香りがしっかりとしたアクセントになっている。

「わたしは、ういんなーなの！」

リンリンが声を上げる。

「からい……だが、そのあとにクリーミーなおいしさが押し寄せてくるな」

ロンロンがはふはふしながらも、冷静な論評を加える。

「からい？　あ、明太《めんたい》チーズかな？」

「ふむ……なかなかの味わいだ」

口調こそぶっきらぼうだったが、ロンロンの好みに刺さったのはわかる。

「ぽんたは？」

「わたくしめはちーずにおやさいがはいっています」

「おいしい？」

「……はい！」

「それはよかった」

羽山は嬉しげに目を細める。

「かたちもかわいいの」

羽山が時間をかけただけあって、揚げ餃子は凝っていた。フォルムが普通の餃子のものもあれば、一箇所に皮を集めて、茶巾《ちゃきん》寿司のようにきゅっとひねってあったり。

「たくさん食べろよ」

「うん！」

羽山が促すまでもなく、子供たちとロンロンは旺盛《おうせい》な食欲を見せた。

「デザートもあるからな」

「でざあと？」

「そう。とっておきのチョコ餃子」

「ちょこれーとと…」

「ぎょうざ！」

「その二つを悪魔合体させるなんて……とんでもない発想だな」

悠人の言葉を聞いて、ぽんたはごくりと息を呑んだ。

めっぱい餃子を食べたあと、羽山がデザート餃子を運んできた。

「いきます！」

ふうふうと冷ましてから、ぽんたがぱくっとそれに食いついた。

ぽんたが声を上ずらせる。

「お……おいしい……あちっ」

「ぽんた、やけどしちゃった？」

慌てて水の入ったグラスを渡すと、ぽんたは首を横に振った。

「あつ、あつあつ……でも、でも、ちょこがとろとろでおいしすぎます～！」

ぽんたは本気で感動している様子で、目を潤《うる》ませている。

「こんなおいしいぎょうざは、はじめてなのです！」

「そ、そう……？」

餃子はよく作るので悠人にとってはちょっぴり複雑だったが、確かにスタンダードないつもの餃子とは別物といって差し支えない。

「そう、おいしいぎょうざ……はじめて……やぬしどの……」

ぽんたはぶつぶつとつぶやいている。

気づくとぽんたの耳としっぽが完全に出ているし、リンリンとロンロンも同じだ。

美味すぎる餃子が、霊地の力を凌駕《りょうが》してしまった……のかもしれない。

「ぽ、ぽんた？」

今度は黙り込んでいるけれど、何かあったのだろうか？

「わかったのです！」

唐突に、ぽんたが声を張り上げた。

「な、何が？」

「やぬしどのがふえたことで、ぽんたのせかいが、ひろがったのです！」

「世界が……？」

いきなり、グローバルな視点を突きつけられて悠人は驚きに目を瞠《みは》った。

世界……。

「やぬしどのがいると、おおきくおおきくひろがるのです！」

「そうなんだよ。誰かとかかわりを持つと、それまで知っていた世界は広がるものなんだ。まあ、逆もあるけど……そのときは、今度は深くなる」

羽山が身を乗り出してきた。

「せかいとは、ひろくて、ふかい……」

これまでの葛藤など忘れたかのように、ぽんたの表情は明るかった。

「やっとわかったか、ぽんすけ」

「はいっ」

「新しい人と出会ったり、誰かの新しい一面を知ったり。そういうことで、自分の知っていたはずの世界が、前よりもずっと広くなるんだ。もちろん、それは人じゃなくてもいい」

「おお？」

「たとえば食べ物でも、本でも、何でもいいんだ。意外と悪くないだろ？」

「とっても、とってもいいとおもいます！」

羽山はぽんたを説得しようとしたわけではないだろうけれど、それでも、彼がぽんたの新しい扉を開いたのは間違いがない。

そういうのも、いい。

「ごしゅじん、やぬしどの、ごめんなさい。わたくしめは、じぶんのことばかりでした。いつもこんなにおいしいものをいただいているのに……」

「お互い様だよ。ごめんね、ぽんた」

「こっちも割り込んで悪かったな」

「いいのです。これにていっけんらくちゃくなのです！」

笑みを浮かべた悠人も、チョコレート味の餃子を口に放り込む。

「旨い！」

確かに新奇な味だ。悠人の世界も広がっていく。

「だろ？　水餃子もおいしいらしいぜ？」

「チョコ水餃子？」

「皮がちょっと余ったから、明日やってみようか」

「賛成！」

仲直りの餃子はじわりと甘くて、ほっとする優しい味だった。

そんなこんなで、この夜は、明るくて華やかな食卓になったのだった。

第2話

5月

幽霊をもてなすいさきの酒蒸し

第2話　5月　幽霊をもてなすいさきの酒蒸し

1

五月の風は、そよそよと爽やかに吹き込む。

窓から庭の畑を見下ろしながら、三浦悠人《みうらはると》は大きく両腕を伸ばした。

ぼすぼすぼす。

ふすまをノックする音が聞こえるが、叩かれているのは悠人の部屋のものではない。二階のもう一室、羽山祐《はやまたすく》の部屋だ。

「やぬしどの、あさなのです。うぇぶかいぎがあるのです」

ぽんたが忙しなく、両手で羽山の部屋のふすまを叩いている。

ウェブ会議は確か午後の予定だと聞いていたし、昨日は遅くまで校正をしていたようだから、羽山としては一秒でも長く寝ていたいのではないか。

「やぬ……」

すうっとふすまが開き、後頭部にしっかり寝癖がついた羽山がスウェット姿でぬっと現れた。

「ぽんすけ……」

少し掠れた声で呼ばれて、ぽんたが「はいっ」と返事をする。

「いい子だなあ！　時間、覚えてくれて、ありがとう」

「ぽんたはいいことをしたでありますか⁉」

「うん。誰かが起こしてくれるなんて、久しぶりだ」

羽山は朝からテンションが高く、わしゃわしゃとぽんたの髪を撫で回す。

この若さで両親を亡くしてしまった彼の気持ちは、悠人にはわからない。自分が何を言ったところで、同じ体験をしていないのだから、彼の慰《なぐさ》めにはならないだろう。

そんな彼がぽんたとの交流を喜んでいるみたいだから、ほっとする。

羽山にとって、ぽんたや悠人との関係が家族みたいなものだそうで、それは何となく嬉しい。

寄せ集めのいびつな関係だけど、こういうものがあってもいいからだ。

この家は、羽山が幼い頃はどんなだったんだろう？　獣たち曰《いわ》く北鎌倉《きたかまくら》の霊地だそうで、やっぱり不思議な現象がたくさん起こったんだろうか。

「やぬしどの、あさどれべびーりぃふしたのです！　しましょう」

「お、いいねえ」

階段の下からそんな声が聞こえてきて、室内で彼らの様子を窺《うかが》っていた悠人も急いで着替えて階下へ向かう。

洗面所でばしゃばしゃと顔を洗って台所に足を踏み入れると、どこか眠そうな羽山が牛乳をごくごくと飲んでいる。その傍らでは、小さなマグカップを手にぽんたが牛乳を飲む。

腰に手を当てて牛乳を飲む二人は、確かに、兄弟にも親子にも見えた。

「おはよう」

「おはよ」

「おはようなのです！」

台所のシンクのそばには、ベビーリーフの入ったボウルとトマトと卵が置かれている。

「悠人、ちょっと待ってて、支度するから」

「料理してくれるの？」

「うん、せっかくだからトマトと卵のオムレツを」

「おむれつ！　あさからごちそうです！」

驚いたように反応するぽんたの声が弾んでいる——と思ったら、ぽんた自身が嬉しそうにジャンプをしている。

「今日、ウェブ会議だよね？　忙しくないの？」

「昼と夜は任せた。ぽんすけも手伝ってくれるし」

エプロンをしながら、羽山は明るく答えた。

「ロンロンたちはいないのかな」

「この時間にいないなら、たぶん、朝は食べないよ」

「オッケー。じゃ、ぽんきち、作ろうか」

「はいです！　して、わたくしめはなにを⁉」

「トマトを洗ってくれる？」

「はーい」

ぽんたはずるずると踏み台を流しのそばまで引っ張っていき、そこに立つと、今度は覚《おぼ》束《つか》ない手つきできゅっきゅっとトマトを洗う。

羽山がトライしているのは、くし型に切ったトマトをさらに半分にし、マヨネーズを加えた卵液と混ぜながら焼く——というシンプルなレシピなようだ。

邪魔にならないように隅っこでコーヒーを淹れながら観察していると、羽山の料理がおざっぱなせいか、見慣れたオムレツ型にはなっていない。

だけど、それらを補ってあまりあるほどに素晴らしい匂いだ。彩りも鮮《あざ》やかできれいだし、食欲をそそる。

羽山ができあがったオムレツを、シリコンのターナーで大胆に三等分した。割れ目からトマトと半熟の卵液がとろりと零れて、赤と黄のハーモニーが鮮やかだ。

「どうだ？　旨そうだろ？」

「とってもいいにおいなのです……」

ぽんたがひくひくと鼻を蠢かし、羽山が皿に取り分けてくれたオムレツに見入る。

「こんいろのおさらに、はえますねえ」

「おお、ぽんすけも『映え』の概念を学んだか」

羽山はにこにこと笑いつつ、ぱっぱっと手早くレタスを添えた。

ぽんたは三往復してオムレツの皿を運び、自分用の椅子によじ登る。

「じゃ、食べようか」

「いただきまーす！」

はむっ。

真っ先にオムレツにかじりついたぽんたが、目を見開いた。あまりにも目がまん丸になったので、悠人はコーヒーを吹き出しかけた。

「ど、どうした？」

「おいしい……おいしいのです！」

ぽんたはぷるぷると震えている。

「そ、それはよかった」

「いままで、たまごととまとを、いちどきにやくことなどかんがえたことがなかった……のに……！」

「わかるよ。おいしいね」

悠人の相槌《あいづち》に、ぽんたはうんうんと同意した。

ふわっととろっが両立したオムレツは、焼き加減もぴったりだ。塩味と甘みのバランスもよく、口の中いっぱいにおいしさが広がる。おまけにバターの香りが何ともいえず食欲を増加させるのだ。

「これが……あたらしいせかい……」

そこでぽんたは、いきなりがくっと肩を落とす。

「ん？　殻《から》でも入ってた？」

トーストにバターを塗《ぬ》っていた羽山が首を傾げ、ぽんたをじっと見つめた。

「ちがうのです。やぬしどのがもどってきて、わたくしめのたのしいがふえました」

「うん」

「あたらしいなにか、とであうと、しあわせがふえるのです。ぽんたのせかいは、ひろがりました」

「そうだね」

じわりと胸があたたかくなる。

「おしょうさまはどうだったのでしょうか？」

「和尚《おしょう》さん？　建長寺《けんちょうじ》の？」

和尚さんというのは、ぽんたが建長寺で世話になっていた人物に決まっている。

建長寺には仏様を安置した仏殿と、その前に大きな三門が配置されている。三門は解脱を表しているそうだが、建長寺の三門は鎌倉《かまくら》時代に建てられて、そのあとなくなってしまい、十五世紀に再建したらしい。ともかく今の三門は、江戸《えど》時代に万拙《ばんせつ》和尚《おしょう》が寄付を集めてまたも再建したものだ。

この万拙和尚が狸をこよなく可愛がっていて、ぽんたもそのうちの一匹だったという。

「わたくしめがいなくなって、おしょうさまは、たのしいのはんたいになったのでは⁉」

「それはどうだろう」

和尚様だって、いくら狸好きでも狸だけを考えて生きていたわけではないと思うし――と言おうとして、悠人はそこで口を噤《つぐ》んだ。

いやいやいやいやいや。

それは大人の発想であり、ぽんたには重大事に違いない。

ぽんたから、和尚様以外の人については尋ねた記憶がない。ぽんたにとって、和尚様が世界の中心だったのだ。

だとしたら、和尚様にだって同じ気持ちを抱いてほしくなるのは当然だ。

「ぽんたろうがいなくなったあとの和尚さんが、どうしていたかだな。建長寺に行ったら何かわかるかなあ」

「あっ」

羽山の何気ない発言に、悠人ははっと顔を上げた。

「それなら、船岡《ふなおか》さんに聞いてみようか？」

「ううえ……」

前世で駕籠《かご》かきだった船岡は、今生《こんじょう》では人力車の車夫《しゃふ》だ。鎌倉駅の周辺で客引きをしており、筋肉質の無口な人物だった。

前世、彼は誤解からぽんたを殺《あや》めてしまった。

というのも、前世の彼はぽんたが和尚様に化けて旅先で寄付を集めていたのに気づき、善良な人々を欺《あざむ》く悪い狸だと思い込んで成敗《せいばい》してしまったのだ。けれども、のちに真実を知ったがゆえに抱いた悔恨《かいこん》が大きすぎる未練《みれん》となり、船岡は前世の記憶を持ったまま何度も何度も生まれ変わりを重ねる羽目になった。

彼はぽんたに許してほしくて、ずっとぽんたの生まれ変わりを探していた。

そして、ようやくぽんたに巡り合った彼は謝罪し、そして、ぽんたはそれを受け容れた。

ぽんたにとっても、船岡に殺されたのは許せないことだった。とはいえ、ぽんたが和尚様に化けて寄進を募っていたのは、結果的に人を騙《だま》したともいえる。だから、和尚様に謝らなくてはいけないと考えたのだ。

それが未練になり、ぽんたは和尚様にもう一度会うのを目標に、生まれ変わりを繰り返していた。

しかし、誰かを許してしまえば、未練がなくなってしまえば、次に生まれ変わったぽんたは大切な和尚様すら忘れてしまうかもしれない。

船岡と再会したぽんたは、それを怖がっていた。

それでも、ぽんたが船岡を許したのは、許しこそが双方のためだからだ。

誰かを許せないのは苦しくて、つらい。怒りも憎しみも一瞬の炎にはなるが、くすぶっていると、自分の心をやけどさせてじくじくとした傷として残ってしまう。

「もしかしたら、あの人のことまだ苦手だったりする?」

「そうではないのですが……その……ちょっと……みためがこわいのです……」

「確かに見た目はごつくて立派だもんね。でも、ぽんたを気にかけてくれて、僕はいい人だと思うけどなあ。ぽんたの好きそうなおやつを、いつも手土産にしてくれてるし」

「っ」

ぽんたはすかさず、おやつという言葉に反応する。

鎌倉の街を人力車で走り回る船岡は、仕事柄かご当地のおいしいおやつに詳《くわ》しい。甘いものもしょっぱいものもまんべんなく手土産にし、ぽんたの心はその配慮のおかげで解《ほぐ》れたようなものでもあった。

「こっちに来ることがあったら、寄ってもらおうか」

「わかりました」

ぽんたは神妙な顔で頷いた。


居間に通された船岡は、少し居心地が悪そうに身を固くしている。

「わざわざすみません」

向かい合わせに座ると、船岡は深々と頭を下げた。

「これ、お土産です」

両手で差し出されたのは、ロゴがプリントされた上品な袋だ。

「あ、かまくらカスター！」

『鎌倉《かまくら》ニュージャーマン』のかまくらカスターは名物だけど、悠人はじつは食べたことがない。ぽんたも同じだろう。

「お好きですか？」

「初めてなんだ」

「旨いっすよ。限定品は、季節ごとにクリームの味が変わるんで」

「ありがとう」

「あと、これ」

もう一つは、見覚えのあるリスのマークが描かれたトートバッグだった。

「もしかして、クルミッ子《こ》？」

「おととい、切り落とし買いに行ったんで」

「えっ、ありがとう！」

クルミッ子は鎌倉を代表するお菓子の一つで、クルミがたっぷり入ったキャラメルをバター生地でサンドしたものだ。パッケージに描かれたリスはリスくんという名前で、様々なグッズが『鎌倉紅谷《かまくらべにや》』から発売されている。

そしてクルミッ子の切り落としとは、お菓子を成形するときに切り落とした端っこを袋詰めしたお得な商品を指す。限られた店舗でしか買えないし、通販でもあっという間に売り切れてしまう人気商品だ。

「これも初めてだよ、すごいな」

「クルミッ子のしんせきがいっぱい……！」

不揃《ふぞろ》いなかたちの切れ端がぎっしりと詰め込まれたビニール袋は、とても重い。それを前にぽんたは目を輝かせている。

「クルミッ子食べ放題だね、ぽんた」

「トースターでちょっと焼いても、旨いっすよ」

「そうなんだ。あ、これ、ありがとう」

悠人は土産が入っていたトートバッグをたたんで船岡に返そうとした。

「ん……いや、それは……リスの女の子がいたんで……あげてほしくて」

それは受け取らず、ぼそぼそと彼はつぶやいた。

「リンリンに？　きっと喜ぶよ、ありがとう」

「よかった。グッズ買いに行きたいってお客さん、結構いるんで」

「わかるよ、かわいいもんね」

そこにやって来た羽山が、船岡にお茶を勧める。

「どうぞ」

「どうも」

「船岡さん、景気はどう？」

「いまいちですね……」

羽山が相手といえども、会話が途切れてしまう。

「ぽんた……さんは？」

船岡がおそるおそるぽんたに話を振ると、ぽんたが途端に身体を強張らせた。

「お持たせで悪いけど、船岡さんもどうぞ」

にこやかに笑い、羽山がスムーズにかまくらカスターの入ったかごを差し出す。

甘いものが視界に入ったおかげで、ぽんたの緊張が和《やわ》らいだ。

「クルミッ子もたべたいのです！」

「あれは日持ちするから明日にしよう」

さあ、と羽山が再度かまくらカスターの山を手で示す。

「ぽんたさん、先に選んでください」

どこかぎこちない、船岡のぽんたさん、という呼び方は新鮮だ。

「かすたーど……ちょこれーと……ま、まっちゃ……ううう……どれもみりょくがいっぱいなのです……」

「やっぱりカスタードがいいんじゃない？　定番だよね？」

悠人が助け船を出すと、船岡は「はい」と頷いた。

「では、そうするのです！」

「僕は抹茶にしようかな」

「じゃあ、俺はこれで」

船岡は意外にもチョコレートを手に取った。

「俺もスタンダードにカスタードかな。ぽんすけとおそろ」

「おそろ！」

おそろという言葉が気に入ったのか、ぽんたはむふんと鼻の穴を膨らませた。

「いただきまーす」

かまくらカスターを口に含んだぽんたは、「ふわふわ……あまい……」とぷるぷると震えている。

「しゅーくりーむのようでいて、そとがわはすぽんじ……そしてひかえめなあまさ……」

「ふわっふわだね。おいしい」

クリームを包み込むスポンジは甘すぎず、しっとりとしてそれでいて軽やかで、ずしりと舌に響《ひび》く抹茶の甘みとのバランスがいい。

長いあいだ愛されているのがわかる、シンプルだが力強い味わいだ。抹茶だけに飽き足らず、もっともっとと手を伸ばしたくなる。

「おいしい、なつかしいにおい……」

ぽんたが目を閉じ、ついで、かっと目を開いた。

「すばらしいです！」

「そうだね、ぽんきち。船岡さんに感謝だな」

「はいい！」

羽山のこういう言葉にも裏がなく、二人を取りもとうなんて欠片《かけら》も考えていないのだろう。その自然さは、悠人には真似《まね》できない。

そこで一段落ついたと見て取り、悠人はおずおずと口を開いた。

「それで……あの、先に聞いておいた件なんだけど……」

船岡には、今日招いた理由はSNSであらかじめ知らせてあった。

船岡は自分のかまくらカスターを食べ終え、ウエットティッシュで手を拭いている。

「和尚さんのことですよね」

かまくらカスターを半分ほど貪《むさぼ》ったぽんたは、一瞬、手を止めた。

「そうなんだ。ぽんたがいなくなったあと、和尚さんがどうだったのか、ぽんたが知りたいって」

「…………」

船岡は眉間《みけん》に深い皺《しわ》を刻み、言いづらそうな顔になった。

そのあいだに、ぽんたはむぐむぐとかまくらカスターを呑み込んだ。

「ごめん……だめかな」

「そうじゃない。思い出すと、申し訳ないんで……」

「ごめんなさい。でも、ぽんたも船岡さんも、先に進んでほしい。そのために必要な通過儀礼みたいなものだと思ってて」

「――そう、ですよね」

気を取り直したように船岡は首を縦に振った。

「事件のあと、俺が和尚さんと話したことは言いましたよね」

「うん」

ちらりとぽんたを見ると、羽山とぽんたは真顔になって船岡の言葉に聞き入っている。

「和尚さんは、泣いてました。一緒についていけばよかったって」

「…………」

ぽんたは呆然《ぼうぜん》としている様子だった。

「まだ、見せたいものがあったと言っていました。それが何かまでは、聞いてないけど」

「見せたいもの……」

つぶやいたあと、ぽんたの目からぽろりと大粒の涙が零れた。

「あ、す、すみません！」

慌てたように船岡はあたりを見回し、手近にあったおしぼりを差し出した。

それを受け取らずに、ぽんたは自分のTシャツを引っ張り上げて涙を拭う。そんなぽんたの頭をぽんぽんと叩き、羽山がぐっと抱き寄せる。

羽山のほうこそ、ぽんたの保護者みたいだ。

「こっちこそ、申し訳なかった。つらい話だってわかってるのに、言わせちゃって。ありがとう、船岡さん」

「いえ……」

困ったように船岡は沈黙し、冷めてしまったお茶を啜る。

「そういえば、小町通《こまちどお》りに新しくお店ができたじゃないですか」

「どこですか？」

羽山は気を利かせて違う話題を振ってくれたが、まったく盛り上がらない。

そのままお開きになり、船岡は気まずそうな態度で帰宅してしまった。

しばらくぼんやりしていたぽんたは、しっぽをずるずると引きずるようにして廊下に向かう。

「ぽんた？」

「ぽんたはねるのです……」

ぽてぽてと歩いて、ぽんたは根城の板の間へ滑り込む。そっと後をついていくと、タオルケットにくるまったぽんたは、やがて寝息を立て始めた。

ほっと胸を撫で下ろす。

どんな夢を見ているんだろう？

和尚様の夢だろうか？

悠人の胸も、じんわりと痛んだ。

2

ぼすぼすぼすぼす。

朝からふすまを叩かれて慌てて部屋の外へ出ると、同じようにふすまを開けた羽山と廊下で鉢合わせする。

「何の騒ぎ？」

「俺も今、起こされて……」

二人の部屋の前にちょこんと立っているのは、ぽんただった。

しかし、いつもとは様子が違う。

「やぬしどの、ごしゅじん、これまでおせわになりました」

耳としっぽを丸出しにしたぽんたは、緑色の唐草《からくさ》模様の風呂敷《ふろしき》——よく泥棒が持っているあれ——に何かを入れて、首にくくりつけている。そして濃い紫色の風呂敷を、マントのように首で結んでいた。

「ぽんた……どうしたの⁉」

「コスプレ？」

泡を食った悠人と対照的に、羽山はのんびりと不思議そうに首を傾げている。

「ぽんたはたびにでます」

落ち込んでいたのだと思ったが、ぽんたは明後日の方向に元気が出ているようだ。

「わたくしめがしんだとちに、いきたいのです」

「えっと……どこだっけ？」

まだ寝ぼけていて、脳内の情報に上手くアクセスできない。

「かいのくにです」

あまりのことに、悠人は唖然《あぜん》とした。

「甲斐《かい》って、山梨《やまなし》は遠いよ？　電車で行かないと……」

「でんしゃは、えのでんにのりました。ひとりでもこわくありませんっ‼」

「いや、江ノ電《えのでん》レベルじゃない長距離だから……」

悠人は突っ込んだ。

「ぽんたは、しりたいのです」

「何を？」

「おしょうさまが、ぽんたになにをみせたかったのかしりたいのです！」

ぽんたは胸を張った。

どうやら、昨日の船岡との会談は、ぽんたに相当のインパクトを与えたようだ。

「ぽんたのせかいを、おしょうさまがもっとひろくしてくれるかもしれません」

「だって、そんなに長く変身していられないだろ？」

「ごしゅじん……きてくれますか？」

ぽんたがちらっと上目遣いにこちらを見やる。

「え？　今から山梨？」

山梨に行きたい気持ちはあるものの、急にそう言われたって準備ができていない。

ちらちらとぽんたは悠人の顔を窺ったが、特に同意を得られないと思ったらしく、「わかりました」としおらしく頷いた。

「そうだよ、今日はおいしいものを……」

「ごしゅじんがいけないなら、ぽんたはひとりでいくのです！」

引き留めてくれるなという勢いで、ぽんたは悠人の言葉を遮《さえぎ》った。

だめだ。すっかりその気になっている。

羽山なら、上手い感じにぽんたの気持ちを逸《そ》らしてくれないだろうか？

「ぽんすけ」

それまで黙り込んでいた羽山が、そこでようやく口を開いた。

「はい、やぬしどの」

「そのマント、格好いいよ。なかなかセンスあるな」

「せんすがひつようでありましたか⁉」

扇子《せんす》と聞き間違えたであろうぽんたは、真っ赤になる。

「そうじゃないと思う……じゃなくて、煽《あお》らないでよ」

「やぬしどのもやまなしにいかれますか⁉」

「うーん、あのさ」

羽山は頭を掻いて、膝を折る。そして、ぽんたの目をじいっと見つめた。

「俺は、和尚様が見せたいものは、山梨にあるわけじゃないと思うんだよなあ」

「ななななにゆえに⁉　ぽんたは、ひとばんかんがえたのですよ⁉」

ぽんたは食いつくような勢いで、羽山の膝にしがみついた。

「おまえの和尚様のことはよく知らないけど、ぽんたがいた頃は建長寺に暮らしてたんだよね？」

「はい！」

「だったら、和尚様が詳しいのは鎌倉あたりってならないか？　つまり、ぽんたに見せたかったものも、鎌倉にあるんじゃないのかな」

「ふおおおおお……」

ぽんたがぷるぷると震えている。

「それはきづかなかったのです！」

「そうかそうか。で、今のぽんすけはどれくらい鎌倉を知ってるんだ？」

「わたくしめのなわばりはそれほどでもないので……ううむ、こぶくろざかのあたりとかめがやつがせいいっぱい……」

ぽんたがしょぼん、と肩を落とした。

「つまり、和尚様が鎌倉で見てた風景がどんなものか、じつはよく知らないってことだよな？」

「はずかしながら……」

「鎌倉には、和尚様の時代のものがたくさん残ってる。まずは、和尚様が見たものを探してみれば、その人の考えたことが、少しずつわかるんじゃないかな」

「なるほど……」

理詰めでぽんたを説得するのは難しいが、この切り口はかなり効いている。

「羽山の言うとおりだよ。ごはんを食べたら、今日は建長寺にでも行こうか。和尚さんとぽんたの大切な場所だから、そこが一番だよ」

ここから建長寺ならばすぐ近くだし、往復しても数時間とかからない。平日だから、まあまあ空いているはずだ。身を隠せる場所もいくつかあるし、大きめのバックパックも持っている。万が一、ぽんたの変身が解けても心配はいらないだろう。

「はいっ」

ぽんたは勢いよく頷いた。


「いざかまくらなのです！」

ぽんたの号令でドアを開けると、そこにはリンリンとロンロンが立っていた。

二人とも春物の薄手のチャイナ服で、よく似合っている。

「おはようなの……おにいちゃん」

リンリンに挨拶《あいさつ》をされて、羽山は「おはよう」と目尻を下げる。

「どうしたのだ、狸のその格好は」

ロンロンは腕を組み、ぽんたを見下ろした。

「みんなで建長寺に行くんだ。二人とも一緒に来る？」

「俺は……」

「いく～！」

素《そ》っ気《け》ないロンロンの声をかき消すように、リンリンが楽しげに声を上げた。

「行きたいのか？」

妹を見やり、ロンロンは露骨《ろこつ》に嫌そうな顔をした。

「あの大きな道路を渡ることになるが……」

「みんなでわたればこわくないのです！」

「だめだよ、ぽんた」

いったい誰が、そんな悪い言葉を教えたのか。

「みんなでお出かけ、はじめてだもん……」

「一つだけ、注意。変身はいけないよ」

「うん」

「え、二人ともリスの格好なの？　みんなでにぎやかに行こうよ」

羽山は少しがっかりしたようだ。

「ここを離れたら変身が保《も》たないからさ」

「そっか。本当にこの家って霊地なんだなあ……」

すぐに、羽山は納得した素振りをする。

「羽山は恩恵を受けてないの？」

「全然」

「まあ、僕も特に何もないもんな……別に原稿が早くなったわけでもないし」

言ってて悲しくなってくる。

「人間にはご利益《りやく》がないのかも」

羽山が肩を竦《すく》めたので、悠人は「とりあえず、行こうか」と笑った。

「しゅっぱーつ！」

リンリンとぽんたが明るい声で両手を突き上げた。

玄関を出たところで、羽山も一緒なことに気づいて悠人は目を丸くする。

「あれ？　一緒に来るの？」

てっきり、羽山が玄関にいるのは見送りとばかり考えていた。

「うん。ぽんたを焚きつけたし、今度、うちの雑誌で鎌倉特集やるんだ」

「鎌倉？」

それなら悠人にも依頼があるかもしれない、と思わず語尾が上がってしまう。

「正確には鎌倉幕府。ドラマで取り上げられたり、盛り上がってるし。歴史小説はいつも一定のニーズがあるからさ。何かネタを拾っておければって」

「仕事熱心だな」

意外な真面目さに、悠人はびっくりしてしまう。

「みんなに、当分実家に戻ってるって話してあるから。絶対資料集めとか頼まれるに決まってるじゃん」

「それもそうか」

「あと、買い物行きたいし」

「また？」

「昨日、洗濯しようと思って気がついたんだけどさ、これ、裾がほつれてて」

彼はそう言って、バックパックからネイビーの布製品を差し出す。広げてみるとこのあいだ彼が買っていたスウェットパンツで、裾のところが三センチくらい糸がほつれてしまっている。

「これくらいいいかなって思ったけど、ここからどんどん解《ほど》けたら嫌だしさ」

「確かに……」

「値札外してないから、替えられるなら替えてもらおうと思って」

「そっか。じゃ、ついでに夕飯の買い物頼んでもいい？」

「うん、そのつもり。たまには腕を振るわないとな」

羽山は朗らかに笑った。


二人と一匹（たまに三匹）が暮らす羽山邸は、山だらけの北鎌倉の中でも山の上にある。ネットなどで3Dマップを見ると、意外な高度に驚くくらいだ。実際、ハイキングコースがある山際に接しており、しばしばハイキング帰りの人たちの派手な衣装を目にしていた。

「ぽんたは歩ける？」

「あるけるのです！」

建長寺までは子供の足でも十五分くらいだろうか。大丈夫だろうと見当をつけた。

「二人は？」

「我々は空から行く」

「空？」

次の瞬間、目の前に台湾リスが現れる。ロンロンだった。

たたっと電柱に駆け上がったロンロンが、素早く電線を伝っていく。

「おにいちゃん～」

慌ててリンリンもリスになり、そのままぱたぱたとしっぽを振りながら電柱を登る。

残されたのは、二枚の中国服。

「こういうのも片してほしいよなあ」

ため息をついた悠人はそれを軽くたたんで物置にしまい、ぽんたと羽山と歩きだした。

羽山の引く電動自転車のかごには、バックパックと保冷バッグが収納されていた。

「いきましょう！　おくれます！」

「あ、そうだね」

ぽんたと一緒に坂を下ると、少し汗ばんでくる。天気がいいせいだ。

ぽんたの足では、建長寺までは二十分以上かかった。しかし、さして疲れてはいないらしい。

駐車場で自転車を停めて、総門をくぐる。これは万拙《ばんせつ》和尚《おしょう》が再建させた三門とは別のものだ。受け付けで入場料金を払い、中に足を踏み入れた。

「ここに来るの久々だなあ」

感心した様子で、うんうん、と羽山が頷いた。

「近いと意外と観光しないいんだよな」

ぽんたは無言のまま、あたりをきょろきょろと見回している。

「どう、ぽんた」

「わたくしめのしっているおてらとはだいぶ……ちがいまする……」

やがて、ぽんたはしょんぼりと肩を落とす。

「え、本当？」

「あのもんとか……なかったのです……」

ぽんたはしおしおと言い、敷地にある大きな門を指さした。

「あれが三門。万拙和尚が再建した門だよ」

「えっ⁉」

ぽんたは目を丸くする。

「あれが……」

　ぽんたが命を落としたのは、この三門を建てるための寄付を集める旅に出たときのことだ。つまり、ぽんたが命がけで再建させたともいえる——かもしれない。

「もしかして、初めて見た？」

「わかりません。でも、こんかいははじめてなのです……ぽんたは、さいしょいがいはよくおぼえていなくて……」

「立派だね。ぽんたの気持ち、和尚さんはちゃんとかたちにしてくれたんだね」

　ぽんたはぎゅっと唇を結んだまま、無言でぽろぽろと大粒の涙を零した。泣き喚いたりしないぶん、よけいに、その様子は胸を衝《つ》く。

　ぽんたが泣くのを黙って見守っていた羽山は、ややあって、ハンドタオルを差し出した。

「ううっ」

　涙を拭いてからちーんとご丁寧に鼻までかんだが、羽山は特に気に留めていない様子だった。受け取ったハンドタオルをたたみ直し、それをポケットに突っ込む。

「それ、僕のと替える？」

　悠人がバックパックからタオルを出すと、羽山はきょとんとして腑《ふ》に落ちない様子だ。

「買い物行くのに汚れてるのやじゃない？　どこで使うかわかんないし」

「ああ、二枚持ってるから大丈夫だよ」

「準備がいいね」

「ぽんすけもリンリンもいるからな」

羽山はこのとおり気《き》が利いて好青年だし、仕事も結構できるので作家からも悪い噂を聞かない。これで恋人がいるように見えないのが謎だが、もしかしたら、自分一人で満たされてしまっているのかもしれない。

「そういえば、リンリンたちはどこなのかな。ぽんた、わかる?」

三門の柱を撫でていたぽんたに声をかけると、彼はあたりを見回す。

「うーん……」

「ぎゃっぎゃっ」

と、頭上から特徴のある声が微《かす》かに風に乗って聞こえてきた。

「リスの鳴き声かな?」

「あっちです!」

「待って」

悠人は慌ててぽんたの腕を掴んだ。

「ぽんたは前、台湾リスにいじめられてたよね。心配だから、一緒に行こう」

「はい……」

声の方角は、どうやら階段を上がったところらしい。心配から一気に駆け上がると、薄暗い墓地の一角から声が聞こえてきた。

小さなリスが困ったようにあっちにこっちにと駆けている。その奥では、二つの毛玉が取っ組み合いのけんかをしていた。

「リンリン！」

追いついてきたぽんたが声をかけると、右往左往《うおうさおう》していたリンリンらしきリスが振り返った。

すがるような目を向けられ、悠人は一瞬、迷ってしまう。

どうしよう。

もちろん、大人の悠人にならら助けるのは簡単だが、ロンロンたちは獣としての自尊心がある。ここで人間の悠人が割って入っては、ロンロンの群での立場がまずくなるのではないか。

いったん距離を取った二匹だったが、まだ終わらなかった。

「ぎゃあぁあっ」

大きな声を上げた台湾リスが飛びかかってきたので、ロンロンがそれを受けて立つ。もつれ合う二つの毛玉は勢いよくごろごろと転がって、墓石の陰に隠れて見えなくなった。

「ぎゃぎゃぎゃぎゃっ」

声とともに、弾き飛ばされた台湾リスが卒塔婆《そとば》にぶち当たる。

「ッ」

同時に卒塔婆がからんからんと音を立てて倒れ、悠人は凝然《ぎょうぜん》とした。

ちょうど、ロンロンのいるはずの場所は悠人にとって死角になっている。

どういうことだ……？

卒塔婆は金属製の卒塔婆立てに収まっていた。墓に立てかけてあったならまだしも、そうでないなら、何かがぶつかったって倒れるわけがない。

どくん。

心臓が脈打つ。

何だろう……この、嫌な予感……何が、起こっている……？

オカルトに興味のない悠人でさえも、胸騒ぎを覚えた。

「ぎゃっ」

リンリンが走りだしたのに気づき、慌てて悠人もそちらへ回り込む。

「あっ」

卒塔婆の下敷きになっていたのは、人間だった。

さらさらの長い髪――ロンロンだ。

「ロンロン！　ロンロン!?」

あれ？　いくら何でも、それはおかしい。

リンリンとロンロンは、そもそも化け狸のぽんたとは違って、人型になれるのは羽山家の霊地の力があるからだ。つまり、霊地以外で人型になれるわけがないのだ。

なのに、ロンロンが今、人型になっている。

……全裸で。

あたりまえといえば、あたりまえだ。

彼のチャイナ服は、羽山家の物置に収まっている。

「起きてよ、ロンロン！」

ぱっと見たところ、出血はないし怪我《けが》をしている様子はない。少し顔が埃《ほこり》で汚れている
くらいだ。だが、ロンロンのまぶたは閉じられたままだ。

どうやら、失神しているらしい。

「うわ、ロンロン⁉」

遅れてやって来た羽山は、驚いたように後退《あとずさ》った。

「どうしよう……」

悠人がすがるような目を向けると、羽山は冷静に口を開いた。

「とりあえず、服着せよう」

「着替えなんてないよ⁉」

上はともかく、下がないのは大問題だ。

「これ」

羽山は自分のバックパックから、ネイビーのスウェットパンツを取り出した。

「でも、これ……返品するんじゃ……」

「このまま連れて帰るなんて、無理だよ。間違いなく警察沙汰《ざた》だ」

「う」

警察の取り調べは取材にはなるかもしれないが、さすがに全裸の男性を連れていたという罪状は御免蒙《ごめんこうむ》りたい。

こうなったら、羽山の厚意を有り難く受け容れるほかない。

「ええと……右足からいくか」

「うん」

二人で協力すると、困難ではあるものの、何とかスウェットパンツを穿かせられた。

上着は持ち合わせがなかったので、悠人は自分のパーカーを脱いで着せる。さすがに半袖Tシャツ一枚では寒いが、ロンロンのためだ。

人型になれないリンリンが立ち尽くしており、それをぽんたが慰めるように撫でていた。

「自転車に乗せれば、何とかなるかな。そこまでは連れていかないとだめだけど」

「僕が背負うよ」

悠人が発すると、羽山は首を横に振った。

「一人で？　腰に来るんじゃないか？」

「二人がかりだったらそれはそれで目立つよ。もしかしたら、リスの重さかもしれないし」

「それはないだろ……明らかに身が詰まってる感じだ」

羽山はロンロンの素足を持ち上げて、自分が脱いだ靴下を穿かせながらやけに冷静に告げた。

軽く腰のストレッチ体操をした悠人が「どうぞ」と腰のあたりに手を当ててしゃがみ込むと、羽山が注意深く背中にロンロンをもたせかける。

「うっ」

ずしりと重い……。

「ご、ごしゅじんだいじょうぶですか……？」

「うん……」

腰は死にそうだが、瞬発力でどうにか立ち上がるほかない。

「ぐ……うう……」

一歩一歩が、鉛のようだ。

階段は勢いで下りられたが、羽山の手を借りても平地が厳しい。周囲の奇異の目を浴びつつ、自転車の後部座席にロンロンを乗せると、彼を背負うようにして自転車を押し始めた。

タクシーでも通りかかればいいのだが、平日の朝の建長寺付近を空車のタクシーが通行する確率は低そうだ。

「じゃあ、僕たちは帰るから。またあとで」

「え？　俺も一緒に戻るよ」

羽山は心外と言いたげな声を出す。

「でも、もう一度出かけるのも面倒じゃない？」

「大丈夫だよ。気にしないで、とりあえず運ぼう」

「うん」

強がっても仕方がなかったので、悠人は大きく頷いた。

3

ぽんたの根城である板の間に寝かせたロンロンは、まだ目を覚まさない。

寝息はすうすうと規則的だし、病気ということはなさそうだ。

疲労困憊《こんぱい》のうえに、だいぶ空腹だ。そのうえ、悠人の全身は汗でべたべただ。

羽山は一休みする間もなくスクーターで出かけたので、思ったより早めに帰ってくるだろう。

もっとも、彼の目的のスウェットの返品はできなくなったので、夕食の買い物だけを頼んだ。

「ぽんた、シャワー浴びよう」

「はいなのです」

「リンリンは？」

「ううん……」

元気なく首を振ったリンリンは人型になっているが、ロンロンから離れたくないのだろう。

ロンロンが目を覚ましたらまた騒ぎになりそうだし、今のうちに備えておくに限る。

二人でざざっとシャワーを浴びてからロンロンの様子を見に行くと、リスに戻ったリンリンがロンロンの枕元で丸くなっていた。

「まだか……」

心なしかぽんたもしょげた表情で、ロンロンの枕元に腰を下ろす。

「きっと疲れてるんじゃないかな」

慰めるように言いつつも、心配でならなかった。

病院に連れていくべきだろうか？

動物病院が一番有り難いが、そう都合よくリスに戻ってくれるとは思えなかった。

人型なら保険証がないから自腹になるけれど……いや、それ以前に道中や待合室、はたまた診察中に変身が解けたらどうしよう？

だいたい、どうして建長寺で変身できたかすら謎なのだ。

ぽんたはすがるような目をこちらに向けている。

「なに？」

「……へいき、なのです」

「平気って、何が？」

考えることがありすぎて頭が痛くなりそうだ。

文字どおり頭を抱えかけたところで、「ただいま」と言って羽山が顔を覗かせた。

「おかえり」

「起きた？」

「まだ」

ロンロンを見下ろした羽山は、ため息をついた。

「心配だな。病院に連れていくか？」

「もうちょっと様子、見てみるよ。なんだか怪我はないっぽいし……」

「とりあえず、パン買ってきたから食べよう。昼飯、まだだよね」

「あ、忘れてた」

ぽんたが明らかにほっとした空気を醸し出しているので、今さっきのすがるような目つきは空腹のサインだったのかと納得した。

パンとサラダで簡単なランチを終え、悠人たちはそれぞれ仕事に戻った。

とはいえ、気になるので一時間置きくらいにロンロンの様子を窺いにいく。

リス姿のリンリンはまるでぬいぐるみか何かのように、じいっとロンロンを見つめていた。

「リンリン、何か食べる？」

リンリンはふるふると首を振る。

ぽんたも狸の姿に戻り、縁側で丸まっている。

これでは、リンリンやぽんたのほうが具合が悪くなってしまう。

「ロンロンが目を覚ましたら、教えてくれる？」

悠人が頼むと、リンリンは無言でこっくりと頷いた。


落ち着かない気持ちを抱いて仕事を進めたが、なかなか集中できなかった。

それでも陽が落ちてきたので、一度夕食の準備をしようと思って台所に向かうと、既に羽山がエプロンを装着している。

「羽山、どうしたの？」

「飯は勝手に作るよ」

「忙しくないの？」

「大丈夫。超簡単なメニューだし。おまえがいろいろ作り置きしてくれて助かったよ」

「あ、うん……なら、ロンロンを見てくる」

もう一度板の間へ行くと、夕陽のせいで長い影が室内に伸びている。

ロンロンはまだ眠っている。

「……？」

ロンロンの睫毛が震えた気がして、悠人ははっとロンロンの顔を覗き込む。

「ロンロン！」

「おにいちゃん！」

人型になったリンリンが、声をかけてくる。

「…………」

目を開けたロンロンは、ぼんやりとした様子で身を起こした。

無事に目を覚ましたとはいえ、目つきがどこかうつろで、体調が悪そうなのは見て取れる。

「ロンロン！　怪我は？」

「…………」

「どこか痛いところはない？」

「…………」

何も言わずにあたりを見回し、ロンロンは布団をはねのけていきなり立ち上がった。

「ロンロン！」

「ロンロンってなに？」

弱い声だった。

「何って、君の名前」

　そこにとてとてとぽんたが入ってきて、「めをさましたのですね、ロンロン！」と明るい声を出した。

「あたし、そんな名前じゃないわ」

「…………」

　あれ？　今、何か妙な情報が混じったような……。

「どういう意味？」

「あたしは、おみよ。ロンロンなんて変な名前知らないわ」

「ロンロンはごしゅじんがつけたすてきななまえなのです！」

「そうなの！」

　二人がきゃいきゃいと声を上げたので、悠人は急いで制止を試《こころ》みる。

「いや、ちょっと待って。二人とも少し静かに」

「だって、ごしゅじんをぶじょくされたのですー‼」

「おにいちゃん？」

　問題はそこじゃない。

　あたし……？

　おみよ……？

意外すぎる発言に、悠人はぽかんと口を開けて立ち尽くす。

もしかしたら打ちどころがおかしくて、一時的にロンロンの脳がバグを起こしているのかもしれない。でなければ、今の言葉遣いはおかしすぎる。

「意味がわからないよ。打ちどころがまずかった？」

「え？　……あっ‼」

ロンロンは目を見開く。

「何、この身体……⁉」

ぺたぺたと掌《てのひら》で自分の身体を服の上から確かめ、ロンロンは真っ赤になった。

「何って、ロンロンの身体だけど」

「何かついてる！」

「ええっ⁉」

驚くの、そこ⁉

「悠人、そろそろごはんなんだけど」

台所からやって来たエプロン姿の羽山は、起き上がったロンロンを認めて、「お、起きたのか」と笑った。

「ロンロン、気分は？　味噌汁は平気だよね？　いさき食べられる？」

「だから、あたしはロンロンじゃないってば！」

自分の胸のあたりをぽんと叩き、焦《じ》れたようにロンロンは声を張り上げる。

「あ、そうなんだ……名前は？」

「おみよって言ってるでしょ」

「おみよちゃんね。ごはん、いさきなんだけど。さっぱりめにするから、それでいい？」

どうやら、いさきを料理するにあたってロンロンの食欲が気になるらしい。

「え？　ええ……」

すごい。まるで動じていない。

逆にロンロンのほうが驚いた様子だった。

「すぐに飯にするから、落ち着いたら来て」

「だめよ、帰らなきゃ」

「だからって、絶食はしんどいじゃん？　昼から何も食べてないよ」

「へいき…」

きゅるるるるるる。

漫画みたいなタイミングでロンロンのお腹が鳴った。

「ぽんた、何か解決方法ないの？」

普段はロンロンがいろいろ教えてくれるが、今は頼れない。

ぽんたならば、化け狸特有の知恵があるのではないかと、小声で尋ねる。

「おいしいものです」

成り行きを見守っていたぽんたは、青ざめた顔で口を開いた。

「おいしいもの……？」

「ごちそうはすべてをいやすのです」

「そういうこと。旨いもので気持ちも落ち着くよ」

羽山はあくまでにこやかだ。

「うーん、まあ、それもそうか……」

あまり納得できていなかったが、食事をしつつ話したほうが事情を聞けるかもしれない。

そんな一縷の望みを抱いてしまう。

まな板の上には、数尾のいさきが鎮座《ちんざ》している。

「え、今から料理するの？　手伝う？」

「いや、今日は人数多いから、さばかないでぱぱっと加熱しちゃうよ」

ロンロンは何を食べさせられるか不安なのか、冷蔵庫の前にぬっと立って羽山の料理を観察している。

「それ、何なの？」

「水が出るんだよ」

「なら、これは？」

「ええと、ガス台？」

呆然とするロンロンに悠人が説明しているあいだに、羽山はねぎとしょうがを薄切りにしている。ついで手際よくいさきの鱗《うろこ》を取り、腹を開いて内臓を取り出した。血合いを水で流して水気をよく拭き取ってから、再びまな板に並べる。

そして、いさきの腹の中にねぎとしょうがをぎゅうぎゅうと詰め込んだ。

「そんなに……⁉」

「たっぷり入れたほうが旨そうじゃない？」

そんな羽山の料理を、ロンロンが不安そうに見守っている。

耐熱皿にいさきを次々並べ、その上にしょうゆと酒をかける。それからラップをし、彼はレンジに皿ごと入れた。

「その箱、なあに？」

「チンするんだよ」

「チン？」

悠人の説明に対し、ロンロンは首をひねっている。思えば、初めて会ったときのロンロンはそういう人間の道具には慣れきっていたから、やはり、これはロンロンではなさそうだ。

おみよという名前からいっても、彼女は昔の人間なのだろうか？

ロンロンの前世……とか？

あるいは、幽霊とか生き霊とかに取り憑《つ》かれているんじゃないだろうか。

「これでおしまい。ごはんをよそうから、座ってて」

「でも……」

そこで炊飯器から、炊き上がりを知らせる音楽が鳴る。

「どうなってるの、ここ……今の音、なに？」

ロンロンは視線をうろうろとさまよわせており、完全に落ち着きを失っている。

やはり、これはロンロンではないのではないか。

「腹が減っては戦《いくさ》はできぬっていうし、食べよう？　気になるなら、毒味するから」

「――そうだけど……」

もともと疑い深いほうではないのだろう。

「はい、どうぞ」

羽山がロンロンの前に、できあがったいさきの酒蒸《さかむ》しを置いた。ほかほかと湯気さえ立っていて、ねぎとしょうが、それに酒の匂いが相まって食欲をそそる。

「え？　もうできたの？」

戸惑ったように、ロンロンが首を傾げた。

「うん」

「だって、さっきまで生だったじゃない」

「平気だよ、ほら」

悠人が一口ぶんを箸で口に運び、それを咀嚼《そしゃく》してみせる。

「おいしい」

「よかった。みんなも食べて」

「はーい」

いさきを子供たちに取り分けてから、席に着いた羽山が箸をつけた。

「やぬしどの、おいしいです！」

「ほかほか～」

ロンロンは気味が悪そうな顔をしていたものの、意を決した様子で箸を手に取った。切り口を見てから、彼女はこくりと頷いた。

「そうね……火は通ってるみたい……」

そして、とうとう魚を一口ぶん、えいっと口に含んだ。

「！」

ためらいがちにもぐもぐと噛んでいたロンロンが、いきなり、手で口許を押さえた。

「骨？　それとも、口に合わなかった？」

「う……うう……」

ロンロンの目から、大粒の涙がぽろぽろと零れた。

「く……う……なんてこと、なの……」

「どこか痛い？」

羽山が急いで水を注いだ湯呑みを差し出すと、彼女はぐいっとそれを飲み干す。

「こ、こんなごちそうを食べられるなんて……あたし、いつのまにどんな功徳《くどく》を積んだのかしら……」

そっちか！

「わかりますぅ！　ごしゅじんのりょうりはさいこうなのです！　しあわせになるのです！」

「待って、俺も褒めてくれないかなあ？」

「もちろん、やぬしどののもすばらしいのです！」

ぽんたが身を乗り出す。

「二人とも……うう、すごいわ……」

「おにいちゃんがへんだよぉ」

今まで成り行きを見守っていたリンリンが、耐えきれない様子でわあああんと泣きだす。

まったくもって、収拾がつかない。

悠人は頭を抱えかけたが、それ以上にこのいさきがおいしい。ねぎとしょうがの薬味《やくみ》が利いていて、シンプルな料理なのに味は複雑で奥行きがある。身はふっくらしているし、しんなりしたねぎがいさきの旨みを吸い、おいしさが凝縮している。なまぐささもないし、どんどん箸が進んでしまう。

いさきってこんな食べ方もあったんだ……。おまけに、臭みを消すための薬味まで旨いなんて反則だ。

「日本酒が欲しいなあ……これ、すごくいけるよ」

「よかった！　それで、これからどうするんだ？」

「ん？」

彼はちらっと目線をロンロンに向ける。

「ロンロン」

「家主的には、何かある？」

「うーん、少し落ち着くまで様子見かな。けど、おまえはロンロンともつき合い長いだろ？　任せたいんだ」

「そこを投げられると困るけど……やっぱり様子見かな。こんな状況じゃ、詳しい話を聞けそうにないし」

「了解」

といっても、それも問題を先送りしているにすぎない。

見れば見るほど何かに取り憑かれているようだけど、そんなこととあるだろうか？

いくら不思議なことが起こりがちな鎌倉であっても、霊に出会うのは初めてだ。

いや、そもそも、悠人は霊の存在をこれまで信じていなかったのだ。生まれ変わりは受け容れられても、霊はだめだなんて、自分はつくづく頭が固い。

悠人はため息をついた。


一階の板の間でロンロンは眠ってしまったし、リンリンもそばについている。

もともとそこはぽんたが一人で使っていたが、今日は三人で川の字になっている。なかなか麗《うるわ》しい眺《なが》めだが、うっかりロンロンが寝返りを打って、リス型のリンリンを潰さないことを祈るほかない。

とりあえず、ロンロンはぐっすり寝てしまっているし、この家への不信感からこっそり家を抜け出す——なんてこともなさそうだ。

この時間ならば皆が寝静まっているから、じっくり調べものもできるだろう。

インスタントコーヒーを淹れてきた悠人は、「よし」とつぶやいて改めてパソコンに向き合う。

何かヒントが掴めるといいと思いつつ検索を始めた悠人は、「お」と声を上げた。

『北鎌倉の歴史　建長寺の秘密』

そんなタイトルのブログだ。建長寺は鎌倉三代将軍と北条《ほうじょう》家の菩提《ぼだい》を弔《とむら》うために、北条時頼《ほうじょうときより》が創設したという。建長寺が造営される前は、地獄谷《じごくだに》と呼ばれる処刑場だったとか。

「処刑場……」

そして、それらの名残《なごり》は昔の境内図には「地獄谷埋残《じごくだにうめのこし》」とか「わめき十王跡《じゅうおうあと》」などとして残っていたそうだ。

ネーミングからいっても、おどろおどろしくて恐ろしい。十王岩《じゅうおういわ》なら知っているけど、あれと関係あるんだろうか。

どっちにしても、不吉な印象の場所で間違いがなさそうだ。

建長寺でロンロンに異変があったのは、墓地でほかのリスとけんかをしたときだ。原因は縄張り争いか何かだろうが、あそこで墓に失礼を働いたことで、処刑された女性の霊が乗り移った——とかかもしれない。

それなら、未練を持って出てきてしまったのも何となく納得ができた。

そのとき、外からことりと音が聞こえてきて悠人はびくっと身体を竦ませる。

「……誰？」

どろどろとしたものばかり見つかったので、我ながら神経が過敏になってしまう。

「ごしゅじん……」

きいとドアを開けてぽてぽてとやって来たのは、ぽんただった。

「あれ、寝てたんじゃないの？」

「めが、さめたのです」

ぽんたはしょぼんと肩を落としている。

「どうしたの？　ロンロンが気になる？」

「はい……」

「あれは、ぽんたのせいじゃないよ？」

ぽんたのために、皆で建長寺に行った点に自責の念を覚えているのではないか。

一緒に出かけなければ、ロンロンはおかしくなったりしなかったのだから。

そう考えた悠人はすかさずフォローを入れたが、ぽんたの面持ちは暗いままだった。

「ちがう、のです」

ぽんたは俯く。

「――ロンロンには、おんなのひとがとりついています」

「え……やっぱりそうなの？」

「なんとなく、ロンロンのうしろにおんなのひとがみえるのです」

ぽんたはこくり、と頷いた。

「そうなのか……さすがぽんただね」

　褒めてみたが、ぽんたは相変わらず浮かない顔だった。

「……ぽんたは、うまれかわってきたのです」

　どことなくしんみりとした口調に、悠人はどきっとした。

「うん」

「けど、たぶん、あのおんなのひとはずっとそのままです」

「そのまま……」

　相槌を打ちつつ、悠人ははっとした。

「ぽんたは、ここでいまをいきることをしったのです。でも、おみよさんは、どこにもいけない……」

　肩を落としたぽんたの表情はあまりにも頼りなげで、そして、淋しい。

「そうだね」

　ぽんたなりの優しさを感じ取り、悠人は頷いた。

「ロンロンも心配だけど、おみよさんのことも、同じくらい心配だよね」

「そうなのです！」

　ぽんたはがばっと顔を上げる。

「さびしいのは、もうやなのです！　おみよさん……おふとんのなかでないていました」

「そっか……」

悠人はふっと息をついた。

「よし！　おみよさんが、今を楽しく生きられるように僕たちも手伝ってみよう」

元気づけるようにぽんたの肩を叩くと、彼は目を潤ませている。

「いま？　つぎ、ではないのですか？」

「今が楽しかったら、たぶん、その次も楽しいだろうって思えるよ。新しい自分になってみたいって。そのためにも、まずは今を楽しんでもらおう」

せっかく出会ったのだから、今のおみよを楽しませたい。幸せにするというのは、傲慢《ごうまん》だから。そうすれば、成仏のきっかけになるかもしれない。

「……はい！」

「だから、ぽんたも今日は寝たほうがいい。明日から、いっぱい動くはずだからね」

「しょうちなのです！」

ぽんたがほっとしたような顔になったので、悠人も安堵《あんど》を覚える。

「これで、おしょうさまもよろこんでくれますね」

「……うん」

あれ？

どうして自分は、ぽんたのこんな一言に引っかかっているんだろう。

まるで、小さな骨だ。

「では、おやすみです、ごしゅじん」

「おやすみ、ぽんた」

もしかしたら正解は見つからないかもしれない。

けれども、何もしないわけにはいかなかった。

4

翌朝。

バターとはちみつの甘い匂いが階下から漂ってくる。一階に下りて台所に向かうと、みんながすでに揃っていた。

「これは何かしら?」

「ホットケーキだよ」

ロンロンに自分の身体の変化をどう思うのか聞いてみたかったが、そのあたりはもう気に留めていない様子だった。

「ほっとけえき……」

「卵と麦の粉を入れて焼いたんだ。食べてみて」

ロンロンは怪訝そうな顔でホットケーキをつついている。分割したほうが食べやすそうだと、悠人はホットケーキを小さく切り分けた。

それから、バターを載せてシロップをかける。

「匂いは、おかしくないわね」

鼻をひくひくさせて、ロンロンは頷く。

「それどころか、甘い匂い……」

「わたくしめが、どくみいたします」

ぽんたが近づいてきたので、悠人がロンロンの皿から一切れフォークに刺すと、ぽんたに差し出す。ぽんたがまるで餌《えさ》に食いつく魚のように、ぱくっとホットケーキとフォークをくわえた。

「……ふかふかれ、おいひい……のれす……！」

はふはふと咀嚼しつつ、ぽんたが感想を述べる。つられたように、ロンロンも一切れ口に運んだ。

「……まあ！」

きらりとロンロンの目が輝いた。

「おいしいわ！　とっても甘いのね……」

やはり今日も女言葉だ。

「いっぱい食べてね、お代わりもあるから」

無防備にホットケーキを頬張りながら、ロンロンは嬉しげに笑む。

その表情は、ロンロンであってロンロンでない。取り憑かれているのは本当のようだ。

リンリンは人型になっていたが、ロンロンの隣には座らずに無言でホットケーキを食べ始めた。

「今って、こんなに甘いものが出回ってるのね」

「おみよさんは、今の人じゃないの？」

「違うわ。あたし、幽霊だもの」

やっぱり。

「自分でもよくわからなくて……目が覚めてから、いろいろなものを見せられて。一人になって……ないけど、夜、横になっていてしみじみとわかったの。あたしは死んだんだなって」

「……ごめん。いさきの酒蒸しはカルチャーショックだよね」

「かるちゃ……？」

羽山が申し訳なさそうに言ったが、唐突な横文字に、ロンロンはきょとんとしている。

「それはおいといて、僕たちはおみよさんの力になりたいんだ。おみよさんの身の上を教えてくれる？　ずっと、建長寺にいたの？」

「そうともいえるし、違うともいえるわね」

ロンロンは首を横に振った。

「長いあいだ、眠ってたの。それが突然、大きな音がして目が覚めたわ。起きなくちゃ、あの人が待ってるって思ったら、頭が冴《さ》えて……ここで男になってたってわけ」

「あの人？　思い残したことがあるの？」

「何も思い残さないで死ねるなんて、悟《さと》りを開いた人くらいよ。あたしたちみたいなつまらない人間は、未練ばっかり」

ロンロンはもぐもぐとホットケーキを口の中に押し込む。

「つまり、気になっているのは……おいしい……」

ふうっとロンロンは息を吐き出す。そんなロンロンを、リンリンは何も言わずに見つめていた。

「この水、もっとかけてくれる？」

「シロップだね」

「しろっぷ……甘くていいわね。甘茶みたい」

うんうんとロンロンは頷き、スプーンを舐める。

「ともかく、あたしのいい人が無事に逃げられたか、それが心配で」

いい人……つまり、恋人か。

「逃げるって誰から？　駆け落ちとか？」

「おかしらよ」

「おかしら？」

ぽんたが聞いたが、ロンロンは首を振った。

「おかしら。あたしたち、盗人の下で働いてたの。あたしはただの飯炊きだけどね。さすがにやりすぎて、武士たちに目をつけられちゃって。で、捕まる前に逃げることに決めたの」

リンリンとぽんたは意味がわからないだろうが、彼女の話に聞き入っている。

「恋人は盗人じゃなかったの？」

「ただの馬丁よ」

さらっと返されて、悠人は胸を撫《な》で下ろす。

当時と今では価値観が違うとはいえ、盗賊といわれるとちょっと不信感が芽生えてくるからだ。

「あたしは買い出しでよく村に出るけど、あの人は難しくって。それで、あたしの着物を貸して先に逃がしたの」

「勇気があるんだな」

「でも、運はそこで使い果たしちゃった。あたしはすぐに気づかれて、仲間に斬《き》られておしまい」

ロンロンは手を止めず、おかわりのホットケーキを口に押し込む。

「あの人、妙に義理堅くて要領が悪いから、心配なの。まだ約束の港で待っていたらどうしようって」

「それが君の、心残りなんだね」

　悠人が言うと、ロンロンは「ええ」と頷いた。

「じゃあ、食事が終わったら一緒に海に行こう」

「いいの？」

　ほっとしたようにロンロンが表情を緩めたので、悠人はにっこりと笑った。

「うん。僕も海は久しぶりだし、たまには行きたいよ」

「わたくしめもつきそうのです！」

　ぽんたは張り切ったように立ち上がった。

「でも、港ってどこ？」

「鎌倉で港なら、和賀江島《わかえじま》だろ。行ってみようか」

　羽山が教えてくれる。

「和賀江島？　江《え》の島《しま》じゃなくて？」

　聞き覚えのない名前に、悠人は首を傾げる。

　島だったら、船で行くのだろうか。

「鎌倉は海が遠浅で、大きな船が入るような港はできないんだ。鎌倉時代に作られた、人工の島だよ。普段は沈んでるけど、条件が合えば見られる」

「条件？」

「大潮かつ平潮だね」

「詳しいな」

「この辺で育てば一度は遠足とかで行くからさ。俺も小学校の遠足が和賀江島だった」

「へえ」

また知らなかった鎌倉知識が一つ追加され、悠人は目を丸くする。

「そこで合ってる？」

「む？」

「港。和賀江島ってところ？」

ホットケーキを無心で貪っていたロンロンは、悠人の問いに首肯《しゅこう》で答えた。


にぎやかな朝食を終えてから、一行は海に向けて出発した。

メンバーは、悠人、羽山、ぽんた、ロンロン、リンリンの五名だ。

試してみたところ、ロンロンに取り憑いた霊としての力が強いらしく、彼は羽山家の敷地を出ても人間の形態を保っている。

チャイナ服は目立つので、ロンロンには悠人の服を貸した。

リンリンは留守番を頼もうと思ったが、いつまでもしょんぼりしているのがかわいそうで、羽山のサコッシュに入ってもらった。ちなみに変身については、ロンロンも驚きつつも受け容れていた。やはり、昔は動物に化かされるのは、よくあることだったのだろう。

バスなどの乗り物は難しい気がしたので、亀ケ谷《かめがやつ》の切通《きりどおし》から鎌倉方面に出ることにした。

前方から、郵便配達のバイクがやって来る。

「きゃあっ」

彼女は低速で近づいてくるバイクを目にして、鋭い悲鳴を上げた。

「えっ」

郵便配達の男性がぎょっとした顔でハンドルを切ったので、悠人は「すみません」と頭を下げる。

「な、何なの⁉　あの生き物！」

「あれはバイク。生き物じゃないよ」

「嘘！　怖いわ！」

黄色い悲鳴を上げるロンロンに対し、サコッシュから頭を出したリンリンがぎゃっと小さく鳴く。

リンリンにしてみれば、ロンロンの今の言動は不安でたまらないものだろう。

「ぽんたは、いまのロンロンのほうがこわいのです……」

「地面が、固いわ。岩なの？」

スニーカーでこつこつとアスファルトを蹴りながら、ロンロンが尋ねる。

「固めてあるんだよ」

「ふうん……すごいわね……」

ロンロンは頷く。

「でも、あまり驚いてないんだね」

「ときどき、不意に目が覚めて人が往《い》き来《き》するのは見ていたわ。それで、時間がとても流れてるのは感じていたの。世の中がとても変わってるんだろうとは思ってたけど……想像と違いすぎて、何も言えないわ」

あたりを見回しつつ、ロンロンは足早に歩く。

きっと、一刻も早く和賀江島に行きたいのだろう。気が急《せ》いているに違いない。

「ぽんた、疲れるだろうからここに入って」

「きゅう……」

ぽんたは狸に戻り、羽山のバックパックの中に収まった。

和賀江島までは、かなり歩かなくてはいけない。幼児にはさすがにハードすぎる道のりだ。

今の鶴岡八幡宮を見たら驚かせてしまいそうだったので、御成《おなり》のほうに出て南下していく。

やがて、青い海が見えてきた。右手には江の島で、サーファーも多い。

「ほら、浜が見えてきたよ」

「本当だわ」

ロンロンは足を速めるが、それなりに距離があるのでなかなか海に辿り着かない。気持ちがはやってもどかしいが、横断歩道を渡って砂浜に下りていく。

「海は、変わらないのね。変なものが浮いてるけど……」

「あれはサーファーだよ」

「何をしているの？」

「楽しんでるんだ」

「楽しい……」

「よくわからない？」

「あんまり。でも、いい時代なのね」

ロンロンは考えながらも、そう相槌を打った。

「和賀江島はあっちかな」

羽山が指さす。

「行ってみる？」

「ええ」

鎌倉を流れる滑川の河口から東が材木座《ざいもくざ》、西が由比ヶ浜《ゆいがはま》になる。

和賀江島は材木座、つまり逗子《ずし》寄りで、湿った砂が足に纏わりつく。トイレで人型になって着替えたぽんたは、はしゃいだ様子で走っていた。

スマホで検索してみると、すぐに情報が出てきた。羽山の言ったとおり、和賀江島は鎌倉時代に作られた貿易港だ。現存する我が国最古の築港遺跡で、江戸時代までは現役で使われていたそうだ。もともと鎌倉の海は水深が浅く、大きな船からの積み荷ははしけを使って積み下ろしをしていたが、難破も多かった。そこで、近場や遠くは伊豆《いず》から運んできた石を積んで、人工の島を作った。

昔は石の柱があり、そこに船を係留していたそうだ。

とはいえ、たび重なる震災などのせいで、今はまったく使われていない。満潮時には何も見えないし、干潮時にだけ全容が見えるのだとか。

和賀江島に幽霊がいるのかどうかは、検索をかけても出てこなかった。

それを知ったら、おみよは傷つくのではないか。

そう考えると、ひどく気が重かった。

もし幽霊がいなかったら、恋人に対する怒りのあまりかえって成仏してくれないのではと不安になる。

「あれ、何か落ちてる。石じゃないな」

「おさら、です。だれかがわったのですね⁉」

「あ、これは、昔の磁器の破片だよ。青磁《せいじ》だっけ？」

「確かに青いね」

「ここでは中国との貿易もしてたし、たぶん、持ってくるあいだに割れちゃったものを捨てたんじゃないかな」

さすが地元民らしく、羽山は詳しかった。

「すごく貴重なものだったりする？」

もしかして、勝手に持って帰ったりしてはいけないのだろうか？

「このあたりじゃたくさん出てくるから、大丈夫だよ。俺も昔拾ったし。どこにあるかなあ」

「では、これをもってかえるのです！」

ぽんたは青い三角形の破片を握り締め、その手を誇《ほこ》らしげに頭上に突き出した。

「いいんじゃない？　記念品だね」

そんなぽんたを、ロンロンは優しい目で見下ろしている。

「おみよさん」

再び歩き始めた悠人が話しかけると、ロンロンが顔を上げる。

「なあに？」

「今の時代って、どう？」

「みんな笑っていて、おいしいものがたくさんあって、びっくりしちゃったわ」

ロンロンはふわりと笑う。

「こういうの、何て言うのかしら？」

首を傾げるロンロンに、先を歩いていた羽山が「見えてきたよ」と指さす。

「大潮で干潮なんて、すごいタイミングだよ。ちょうどよかった」

羽山の言うとおりに、潮が引いた海にはたくさんの石が現れていた。海岸から海に向けて、真っ直ぐに道のようなものができている。

これが、和賀江島か。

干潮とはいえ、足許にはひたひたと波が押し寄せてきている。

背後のロンロンが足を止めたようなので、悠人たちもそこで立ち止まった。

彼女には、恋人を見つけ出せるだろうか。

「どうかな、おみよさん」

問いかけた悠人が振り返ると、ロンロンはぽろぽろと大粒の涙を流していた。

「おみよさん⁉」

瞬きもせず、ロンロンはひたすらに泣いている。

周囲に人がいないのでほっとしつつ、悠人がハンカチを差し出す。だが、ロンロンは受け取らず、自分の手の甲で涙を拭った。

「よかった……いないみたい……」

「え？」

やっぱり、いないんだ。

恋人の幽霊がいないことで取り乱すのかと思っていたが、ロンロンの表情はひどく穏やかだった。

しばらくしゃくり上げるように泣いていたロンロンは、ふうっと息を吐き出す。

「あたしは……だめだったけど、あの人は、無事に逃げたのね」

呼吸を整え、彼女はそう一息に言った。

「そう、だよ」

ここには誰もいない。

ただただ、昔と変わらないであろう海が広がっている。

「これでやっと、安心できるわ……」

掠れた声で、ロンロンがつぶやいた。

その目は、いったいどこを見ているのだろう。

ロンロンの黒い目には、青い海と青い空とが映っている。

「おみよさん」

「もう、待たせなくていい……あたしも、待たなくてもいいのね」

心から安堵したような、落ち着いた口ぶりだった。

そうか。

おみよさんは、それが心配だったんだ。

いないほうが、嬉しい。

おみよさんは、きっと、自分より相手を思いやる優しい人だったんだろう。だから、恋人を先に逃がしたんだ。

「そうだよ。おみよさん、長いあいだ、お疲れ様」

「何度も目を覚ましたけど、会ったのがみんなでよかった。こういうの……よく、わからないけど……たぶん……」

ロンロンは口籠《くちご》もりつつ、そして、涙で潤んだ目をしたまま晴れやかに笑った。

「楽しかったわ。ありがとう」

こんなふうにロンロンが満面の笑みを浮かべるのを見たことがなくて、悠人はびっくりしてしまう。

そこで、ロンロンがいきなりかくんと膝を突いた。

「ロンロン！」

上体が倒れる前に、急いでロンロンの胸元に手を伸ばす。どさっと体重が手にかかり、悠人はその重みになぜか安心する。

さらさらとした黒い髪が風に流れる。

そして、次の瞬間にはリスが横たわっていた。

砂浜に、ぱさりと服が落ちる。悠人のスニーカーもあり、まるで、脱《ぬ》け殻《がら》のようだった。

「行っちゃったのか……」

感慨深そうにつぶやく羽山の言葉が終わる前に、サコッシュからリンリンが飛び出してきた。

砂浜に飛び降りたリンリンは、ロンロンの首のあたりに鼻面を押し当てる。

「ぎゃっ」

一声鳴いて起き上がったロンロンは、不思議そうにリンリンと見つめ合った。

「ぎゃっぎゃっ」

「ぎゃぎゃぎゃぎゃぎゃっ」

会話が成り立っているのかは謎だったが、一応、わかり合っているのだろう。

「よかった……おみよさん、成仏したんだね」

「たぶんお疲れ様、悠人」

これで一件落着だ。

しかし、うずくまったぽんたはきょとんとしている。

「ぽんのすけ、どうかしたのか？」

狸のまま、ぽんたはもぞもぞと答えた。

「ぽんたはぎもんです。あいてはにげられたとはかぎらないのでは？」

「世の中には、信じたほうが幸せなことがいっぱいあるんだよ。それに、そんなに大切な人なら、きっとまた天国で会えるからさ。ここに留《とど》まっているよりはずっといいんだ」

「天国？」

「あ、極楽《ごくらく》って意味」

悠人が注釈をつけると、ぽんたは「むむむ」と唸《うな》った。

「おとなのせかいは、むずかしいのですね」

「うん。だけど、一つ言えるのは……」

「はい」

「和尚さんも、この海を見たんじゃないかな。おみよさん、海は変わらないって言ってたじゃないか」

「ああ、そうですね。おしょうさまの、うみ……」

おそらくはにこりと笑ったぽんたは、もう一度海を見つめる。

「おしょうさまのうみは、とてもきれいです」

「そうだね」

懐かしいものを探すようなぽんたのまなざしはやけに澄《す》んでいて、悠人の唇は自然と綻んだ。

第3話

7月

再会と出会いのインボルティーニ

第3話　7月　再会と出会いのインボルティーニ

わたくしめのなまえは、ぽんたです。
ごしゅじんさまがつけてくれたなまえです。
ぽんたには、ゆめがあります。
だいすきなおしょうさまに、もういちどあいたいのです。
でも、ぽんたはおしょうさまのことをあまりしりません。
しらないことを、しりませんでした。
だから、しりたい。
おしょうさまのことを、もっと。

1

不意に、ぽんたは目を覚ました。

居間に置いてあった座布団の上で、力尽きてしまっていたらしい。

「…………」

がーがーと騒々しく、台所へ向かうと三浦悠人《みうらはると》が掃除機をかけている。同じく台所では羽山祐《はやまたすく》が流し台の前に立ち、せっせと皿を洗っている。

「そういや悠人、原稿どう？」

「あとちょっと」

「ラストスパートだな」

ぽんたには難しい話は今ひとつわからないのだが、悠人と羽山が仕事の話をしているのだけは理解できる。二人は仕事の仲間と聞いていたからだ。

「ふわあ……」

眠い。

朝ご飯を食べたあと、ぽんたはどうやらうたた寝してしまったらしい。

さっきの夢に、何か意味があるんだろうか。

いくらぽんたがちびっこの背格好でも、生まれ変わりを自覚したきっかけとなる記憶を持ち合わせている。従って、ぽんたの思考は見た目とは少し違う。そのせいで、ときどき外見に似合わない言動をしてしまう。

和尚様《おしょう》について知るには、どうすればいいだろう？

狸の姿でならお金がなくとも建長寺《けんちょうじ》に出入りできるが、おみよの一件を思い出すと何となく怖い。

悠人は調べものとなると『パソコン』なる機械と格闘しているが、あれは、使い方が不明だった。触ると悠人が慌てるので、触れないほうがよさそうだ。だとしたら、本を読むとか？　ぽんたも和尚様に教えてもらったので、かな文字なら読める。

本がいっぱい置かれたところ――悠人から、図書館なる建物の話は聞いている。

まだ行ったことはないけれど、図書館は大船《おおふな》方面と鎌倉《かまくら》方面の両方にあるそうだ。

大人のうち、どちらかが連れていってくれないだろうか。

もう一度、ぽんたはそろりと台所を覗いてみる。悠人は今度は床に雑巾《ぞうきん》をかけているし、ごとんごとんと音がするから、羽山は洗濯に取りかかっているのだろう。

諦めるほかないのだろうか？

——ううん。ぽんただってぼうけんがしたいのです！

むんっと唇をきつく結び、ぽんたは急いで玄関に向かった。二人に見つかる前に靴を履き、玄関から外に出る。

門を抜け出すまでは誰かに連れ戻されるかもしれないとどきどきしたが、大人はもちろん、どこかで遊んでいるはずのリンリンやロンロンにも発見されなかった。

——これは、さいさきがいい……わたくしめのぼうけんを、しんぶつもおいわいしているのです。

そのまま、ぽんたはとてとてと坂を下りていく。

朝の陽射しは、じわりと眩しい。帽子を被ってこなかったけれど、失敗だった。頭がじりじりと熱くなってくる。

道路は、こんなに広かったっけ？　坂道は、こんなに急だったっけ？

——うぅん、こわくなんてないのです。

家の前の坂を下りきると、大きな道路に突き当たる。ぽんたは走っていくトラックの大きさに呆然とした。

いつも、悠人や羽山が車道側にいてくれるから平気だったんだ。

ぽんたは一人では、こんな道は歩けそうにない。

「わわわっ」

行き交う自動車の音に圧倒されて、足が動かなくなる。

「ひゃあああああ！」

大きなトラックが建長寺の方角からやって来て、ぽんたは頭を抱えて座り込んでしまう。

音を立ててトラックはぽんたの横をすうっと走り抜けていった。

心臓がばくばくしている。

ええと、右と左、どっちに行こう？

以前は自分で方向を決めていたはずなのに、こうなると、どこに進めばいいのかわからない。

頭がぐるぐるしてしまう。

怖い。怖い。怖い……。

そのままぺたりと座っていると、頭の上から大きな影が差した。

悠人だろうか？

「どうした？」

低い声が降ってきて、ぽんたは目を瞠る。

悠人でも、羽山でもない。

おそるおそる顔を上げると、ぽんたに覆い被さるように立っている男は金髪だった。

外国の人だ！

「迷子かな？　ママかパパは？」

おっとりと優しい声で、言葉は日本語。上体を屈めて目を合わせてくれたけれど、ぽんたの小さな頭は限界だった。

確か、羽山が外国では狸はいない国もあるから、外国に行ったら動物園に入れられちゃうかもって話してたっけ。

捕まったら、ぽんたは鎌倉にいられなくなっちゃう……。

怖いけれど、車道は危なくて逃げられない。かといって、右手は民家で入り込めそうにない。

考えすぎて、おかしくなりそうだ。

「君、どうしたの？」

「…………」

ぽんたの意識は、そこでふっつりと途切れてしまった。

◇　◇　◇

パソコンのディスプレイに表示された時計を確かめると、午前十一時半。

そろそろ昼食の支度に取りかからなくてはいけない。

リンリンとロンロンはどうするだろう？　いるならいるで、それを考慮して食事を準備しなくてはいけない。

一階に下りていくと、和室にぽんたの姿が見当たらなかった。

「ぽんた？」

居間でうたた寝しているのか。

そう思って居間を覗くが、しんとして人気《ひとけ》がない。

「おーい、ぽんた」

からりと戸を開けて縁側から外に声をかけてみたものの、返事がない。

「家の中かなあ……」

一応、玄関を確かめてみるとぽんたの靴が見当たらなかった。ということは、外にいるようだ。

サンダルを突っかけた悠人は家の周りをぐるりと探してみたが、やはり、どこにもぽんたはいなかった。

「悠人、どうした？」

頭上から声が降ってくる。

二階で仕事をしているはずの、羽山だった。

「あ、ごめん。ぽんたがいないんだ」

「散歩じゃない？」

羽山はけろっとした口ぶりだったが、悠人は首を横に振った。

散歩だったら、ぽんたは狸型で外出するはずだ。ここを出ると、子供並みの力では変身が長持ちしないからだ。

「靴がないんだ」

「靴が？　ってことは、人型で出かけたのか？」

「たぶん」

そうでなければ、靴が見当たらない理由が不明だった。

「リンリンとロンロンに聞いてみたら？」

確かにそれが早そうで、悠人は口許に手をあてた。

「リンリン！　ロンロン！　いない？」

ご近所さんに聞こえないよう祈りつつ声を張り上げたが、返事はない。

すばしっこい台湾《たいわん》リスたちは、意外と行動範囲が広い。おまけに仲間も多いので、しょっちゅう集会とやらをしているらしい。

「どうする？」

「いついなくなったのか、全然わからないんだ。もしかしたら道に迷ってるのかも。探しに行ってみるよ」

羽山が引っ越してきたばかりのときにぽんたはかまってもらえず拗ねてしまったが、最近は悠人もそのあたりは上手くやっていた。ぽんたが出ていく原因も思いあたらない。

「俺も」

すぐに階下に降りてきた羽山は、困惑した顔つきで掌の鍵を転がす。

「鍵、どうする？」

二人とも鍵を持っているので、どこかに隠すような習慣はなかった。

「さすがにかけないのは不用心だよ」

「まあ、盗まれて困るものはないけど」

羽山はさらっと言って、一応は鍵を閉めた。

ぽんたが一人で戻ってきても家に入れないのはかわいそうだったが、仕方ない。

「これ」

羽山に大きめのトートバッグを渡され、「ありがと」と悠人は礼を告げる。これがあれば、狸型のぽんたが見つかったときに収容できる。

「手分けして探したほうがいいよな。おまえはどうする？」

「亀ヶ谷《かめがやつ》は行かないと思う。ぽんたの足だと、坂を登るだけで精いっぱいだし」

「じゃあ、俺は大船方面を探すよ」

悠人はあまり大船には行かないので、土地勘がない。

「あっちはよくわからないから、助かるよ。僕は巨福呂坂《こぶくろざか》から八幡様《はちまんさま》に行ってみる」

「わかった。何かあったら、メッセージ入れるから」

「うん」

悠人は尻ポケットのスマホを確かめると、家の前の坂を下りたところで羽山と左右に分かれた。

亀ヶ谷坂に入る角の前で、悠人は一度足を止めた。

さっきは羽山にこちらは違うのではないかと推理を話したが、じつは、亀ヶ谷の線も濃厚だ。巨福呂坂を通るルートは、県道なので交通量が多い。ぽんただったら、怖がってほかのルートを選ぶかもしれない。

亀ヶ谷の切通《きりどおし》は、鎌倉七口《かまくらななくち》の一つだ。鎌倉が三方を山に囲まれていて敵の侵入がしづらい天然の要害なのは昔から知られているが、その出入り口として切通と呼ばれる人工的に切り開かれた道だ。切通さえ警護していれば鎌倉に敵が侵入するのも難しいので、効率的に守護できる利点もあった。

鎌倉に切通は七つどころかそれ以上にたくさん存在するが、亀ヶ谷はとりわけ有名で、国指定史跡になっている。

ちなみに、巨福呂坂も切通はあったが、今は痕跡が残るだけで通り抜けはできない。一度見に行ったところ、近くに庚申塔《こうしんとう》が並んでいて、古道の雰囲気を漂わせていた。

迷った末に悠人は亀ヶ谷の切通を選び、歩きながらきょろきょろとあたりを見回す。坂を下りていく途中で墓地を整備するための小型トラックは見かけたが、ぽんたらしき姿はない。

「ぽんた！　ぽんた、いない？　ぽんた！」

周りに民家がないので声をかけてみたが、さらさらと葉擦れの音が聞こえるばかりだ。

だんだん、胸騒ぎがひどくなってくる。

もしかしたら、ぽんたなりに気が済んでしまったのかもしれない。

先日のおみつにとっては、気が済むイコール成仏だ。

とはいえ、ぽんたはおみつと違って幽霊じゃないし……。

ぽんたの名を呼びながら歩く悠人の近くを、ＪＲ横須賀《よこすか》線が音を立てて走っていく。

まさか電車に轢《ひ》かれちゃったとか⁉

「！」

不吉な想像にはっと息を呑んだが、それなら、さすがに電車も一時運休するはずだ。急いでスマホで運行情報を調べてみたが、横須賀線は平常の運行どおりだった。

あれこれと心が千々に乱れて、もどかしいくらいだ。

脇道から小町通《こまちどお》りに入ると、以前ほどではないが観光客たちが楽しげに談笑しながら散策している。

そこに紛れる幼児を探したが、どこにもそれらしい子供はいなかった。ぽんたにいち早く気づいてくれるであろう船岡《ふなおか》は仕事中なのか、見当たらない。

きょろきょろとあたりを見回しているうちに、首が痛くなってくる。汗がどっと拭きだし、タオルで何度も顔を拭《ぬぐ》った。

「ぽんた……」

小町通でぽんたが好きな店は、クレープの『コクリコ』が一番に挙げられる。とてもいい匂いがするし、開放的な店は幼児でも入りやすいので、もしかしたら中で匂いを楽しんでいるかもしれないと思ってのぞいてみたが、彼の姿はなかった。

大仏様の顔のかたちの今川焼きや、いちごをそのまま使った華やかなスイーツ。かわいらしいデザインのお団子。ぽんたが目移りしそうな食べ歩きのお店が小町通りにはたくさんあり、カラフルさに目を奪《うば》われてしまう。

あるいは、豆菓子で有名な『まめや』。ピーナッツ入りの豆菓子がおいしくて悠人はよくお徳用を買っているが、ここはビニール包装されているので、惹《ひ》かれてふらふら近寄るほど匂いが強くないはずだ。

考えながら結局小町通りでも鎌倉駅寄りになる『イワタコーヒー店』の近くまで行って

みたが、ぽんたの姿はなかった。

小町通りまで来てはいない、ということか。

イワタコーヒー店でお持ち帰りのホットケーキを買っていったら、匂いにつられて顔を見せないだろうか？

とはいえ、たとえ拗ねていても、ぽんたはずっと隠れていられるほど我慢強くはない。やはり遊びに出かけたはいいが、帰り道がわからなくなってしまったのかもしれない。

一度は諦めたはずの山梨行きを、実行に移した可能性もある。

……そうだ。

ふと思いついた悠人は、小町通りを突っ切ってスーパーに行くと、一番高い油揚げを買った。

それからもう一度小町通りを引き返し、真っ直ぐ突き抜けて今度は県道に出る。右斜め前は鶴岡八幡宮《つるがおかはちまんぐう》で、せっかくなので悠人はお参りしていくことにした。

石段を上がり、「ぽんたが見つかりますように」と目をぎゅっと閉じて祈る。

参拝客たちが楽しそうにおみくじを引いたり、お守りを選んでいるのを横目に、悠人は階段を下りて脇道から県道に出た。

適当な横断歩道で反対側に渡ると、今度は志一稲荷《しいちいなり》のある小道へ向かう。

駐車場の脇のその小道は、近くの住民の自転車がいつも停まっている。そこを真っ直ぐに抜けていくのは、たいていが地元民だ。

道路際には志一稲荷の由来について記した案内看板が設置されているので、もしかしたら、立ち止まって読む人はいるかもしれない。だが、そこから先の祠《ほこら》にまで向かう人は、滅多にいないだろう。

志一稲荷に行くには三十段ほどの石段を登っていかなくてはならず、悠人にとっても結構なハードルだ。

ちなみに、志一上人《しいちしょうにん》は七宝瀧寺《しっぽうりゅうじ》を中興させたりと、以前の悠人が知らなかっただけで有名なお坊さんのようだ。訴訟のために鎌倉にやって来たときは京都《きょうと》の仁和寺《にんなじ》の僧侶だったそうで、その活躍ぶりは、琥珀が自慢するのも頷けた。

その琥珀は志一上人につき従っていた狐の生まれ変わりで、志一上人を今でも深く慕っている。

彼女は行動範囲が広くはないが、獣たちに尊敬されているようだ。顔が広い琥珀なら、ぽんたについて何か掴んでいるかもしれない。そう思ったからだ。

「琥珀」

志一稲荷は、いつものように人気《ひとけ》がない。

油揚げを移す皿がないので、仕方なく、パッケージに包装されたままお供えする。開封して置くのは、とんびや鴉《からす》に狙われてしまいそうだ。

「おあげ、持ってきたよ」

声をかけても、ただ風の音が返ってくるばかりだ。

志一稲荷から先に石段はずっと続いているが、この先は住宅地になっているので静かなものだった。

「琥珀、いないの？」

ざわざわとざわめくような風の音。

不意に、胸が締めつけられるように痛くなってくる。

苦しい。

淋しくて、淋しくて、たまらない。

「ぽんたがいなくなっちゃったんだ。琥珀、何か知らない？」

返事はなかった。

何だか、すべてに見捨てられたような気分だった。

ぽんたにも、琥珀にも。

喉の奥がぎゅっとなる。泣く寸前のようで、悠人は唇をきつく噛んだ。

自分の中で、ぽんたはこんなに大事な存在になっていたんだ。

「！」

もしかしたら、和尚様が見つかったのかな……。

悠人ははっとする。

どんなに悠人が頑張っても、いなくなった和尚様にはかなわない。和尚様に再会できたら、ぽんたは悠人のことなんて呆気なく忘れてしまうだろう。

「そう、なのかな……」

和尚様に謝りたいからと、何度も転生を繰り返すぽんた。

ずっとずっと、志一上人を一途に敬慕する琥珀。

二人ともびっくりするほど義理堅くて、一生懸命で、そこが愛《いと》おしい。

そのくせ、悠人は大人なのに、つい拗ねてしまう。

現世で一緒に暮らす自分がないがしろにされているようで、淋しさを感じてしまうのだ。

我ながら、身勝手な発想だ。

「……だめだ」

だめだめ、こんなことでは。

どんな理由でぽんたが戻ってこないかなんて、わからないじゃないか。最初から拗ねて諦めてしまうようでは、家族失格だ。

家に帰ったら、クレープを作ろう。甘いクリームの匂いで、ぽんたを引き寄せるんだ。

それ以外に、自分のできることなんて一つも思いつかなかった。

◇　◇　◇

——ぽんたは……ぽんたはぴんちなのです……！

見覚えのない壁と天井。窓には分厚いカーテンがかかっているせいで、夕方だと感じているのに室内は薄暗い。

ぽんたの四方を取り囲んでいるのは丈夫な鉄格子で、試しに手で握り締めてかたかたと揺らしてみても、びくともしない。おまけに、鉄格子の上にはご丁寧に段ボールで蓋がされている。

ぽんたの近くには水が入った深皿と、小さく切った芋《いも》が載った皿がある。ぽんたを捕まえた人間の持ってくるものなど絶対口にしないと決めたのに、甘いさつまいもの匂いに負けてしまい、夢中で半分ほど食べてしまってから我に返った。

——これは……みっしつ……。

いわゆるペット用のケージに閉じ込められたぽんたは、すっかり困惑していた。ぷにぷにの肉球のついた前脚では、ケージをどうこうすることはできないうえ、頭の上の段ボールをどうにかしたくても、両前脚が届かない。

どうしよう……。

人間の格好ならば解決策もあるだろうが、ここに自分を連れてきた相手に化け狸とばれてしまうのはまずい気がする。

悠人に出会ったときはそんなに警戒心もなく身許を明かしてしまったが、ぽんたも悠人と過ごすようになって一年。世の中にはいろいろな人がいるのだと、それなりに学び始めている。

やっぱり、悠人に何も言わずに家から出かけたのは失敗だったのかもしれない。

――ぽんたは、ついにたぬきじるとしておいしくいただかれてしまうのでしょうか……。

ぼんやりとした不安がこみ上げてきて、ぽんたは思わず俯いた。

――ひとりはいやなのです。ひとりは、さびしいです。みんなでいっしょがいいです。

ぽんたは……。

がたん。

不意に後ろから音が聞こえ、ぽんたははっと振り返る。

ドアが開き、薄暗い部屋に光が差し込んできてぽんたは目をぱちぱちさせる。ようやく慣れてきて大きく目を開けると、あの金髪の男性が入ってきたところだった。

手にはひものようなものと、そして――ペンチ‼

あまりのことに、ぽんたは震え上がる。

ペンチがどのような道具か、知っている。

「吐け。吐かねばこうするぞ」と、悠人が見ていたテレビ映画では恐ろしいシーンが繰り広げられていて、恐ろしさのあまり、ぽんたは指の隙間からのぞき見していたのだ。

ぶるぶると震えていたときのことも、はっきりと覚えている。

——どうしよう……ごしゅじん、やぬしどの……ここでおわかれなのです……。

ぽんたは目をぎゅっと閉じた。

2

「ただいま」

帰宅しておやつのクレープを焼いていたら、羽山が戻ってきた。

彼もまた収穫がなかったのは明白で、羽山はひとりぼっちだった。

「ごめん、悠人。見つけられなかった」

「こっちも収穫なし」

「俺が可愛がりすぎたから、ぽんすけは嫌になっちゃったのかな」

はあ、と羽山が食卓の椅子を引いて座り込む。悠人はアイスコーヒーの入ったグラスを彼の前に置くと、再び、クレープを焼く。

「ロンロンとリンリンも何も知らないんだよね？」

既に食卓についていた二人は、自分たちで生クリームとジャムを塗りたくってクレープを堪能している。

「悪いが、知らない」

「だよなあ……」

「やっぱり俺のせいかな」

もう一度羽山がため息をつき、ぐいっとアイスコーヒーを半分ほど飲む。

「違うと思うから落ち着こうよ」

たしなめつつ、悠人は焼き上げたクレープの皮を皿に載せた。

「おまえこそ、動揺しすぎだろ」

「そうでもないよ。ほら、きれいに焼けた」

悠人が菜箸でつまんだクレープの皮を広げると、羽山は首を横に振った。

「出来はすごくいいけど、それ、食べ切れる？」

羽山の指摘に、悠人ははっと我に返る。

「うっ」

気持ちを落ち着けるためにクレープの皮を焼いていたのだが、薄く焼くのは難しく、試行錯誤しているうちにいつの間にかこんもりとクレープの山ができていた。卵液を途中で追加したが、どれくらいの分量を加えたかは記憶が曖昧だ。

それくらいに、ぼんやりとしてしまっていた。

「ま、まあ、ごはん代わりにもなるし」

「そうだけど、リンリンもロンロンも、飽きちゃわない？」

「あまいのすき」

リンリンは生クリームを口の周りにべったりつけて、声を弾ませる。

「でも……ぽんたといっしょにたべたいの……」

「そのうち戻ってくるだろう。ほら、バナナクレープだ」

ロンロンは器用にバナナを切ると、リンリンのためにバナナクレープを作った。

「たまには、うるさいのがいなくていいんじゃない？」

第三者の声に、悠人はぎょっとする。

少し気が強そうな少女の声。

「琥珀⁉」

「いつの間に⁉」

着物姿の琥珀は、今日は花柄の銘仙《めいせん》だ。それもまた、よく似合っている。

「どうして、ここに？」

「あら、お言葉じゃない？　私のこと捜しに来たんでしょ？」

琥珀は空いている椅子にすとんと腰を下ろし、ロンロンからクレープの皿を受け取る。

流れるような一連の動作に、つい、見入ってしまう。

「知ってたのか？」

「獣は耳が利くのよ。祠から離れていたから、急いで戻ったらいないんだもの。でも、おあげをもらっちゃったら、話を聞かないわけにはいかないわ」

「ごめんごめん」

悠人は苦笑し、琥珀には水の入ったグラスを渡す。

「庭のミニトマト、萎《しお》れてたわよ。たまにはお水をあげたら？」

「忘れてた……」

このところ忙しかったのに加えて、今はすっかり忘れていた。

「それで、用件なんだけど」

「聞かなくてもわかるわ。あの狸がいなくなって、みんなで落ち込んでるってところでしょ？」

「う」

図星も図星だった。

「隠し事できないタイプばかりなのね」

「隠す必要もないからさ。ぽんたがいなくて、探してるのは本当だ」

「うーん……好きな子ができたとかじゃないの？」

「好きな子⁉」

一同が声を揃える。

「ぽ、ぽんたに？」

「人間の年と同じに考えちゃいけないわよ」

「そっか……獣だから……」

ちらっとロンロンを見ると、彼はむっとしたように細い眉を顰《ひそ》めた。

「ごめんなさい、冗談よ。違う種族のことはよくわからないわ」

琥珀はころころと笑って、クレープにかじりつく。

「どうかな？　口に合う？」

「初めてだけど、なかなかね」

琥珀はあっという間に、クレープを一つ食べ終えてしまう。

「意外だな、初めてなんだ」

ウエットティッシュを差し出す羽山に軽く会釈し、琥珀は二個目のクレープに手を出す。

「観光客が食べてるのを見たことはあるわ」

「コクリコとか行かないの？」

ぽんたと一緒にコクリコを訪れた日を思い出し、悠人の心臓のあたりは締めつけられるように痛んでくる。

あの日は生クリームバナナと定番のレモンシュガーを頼んで、ぽんたはかりかり＋《プラス》甘さの二重奏にすっかりはしゃいでいた。

「お金がないわ」

「お賽銭《さいせん》があるじゃないか」

　悠人が尋ねると、琥珀は呆れたような視線を向ける。

「あれは志一稲荷を維持するお金。私のじゃないもの」

「だけど、琥珀を祀《まつ》ってるんだよね？」

「祀られた理由は、上人様だもの。私の力じゃないでしょ？　あれは、上人様のための祠なの」

　さらりと答えているようだったが、琥珀はどこか淋しげな顔になった気がした。

「……そうか」

　デリカシーのない発言だったと、悠人は申し訳なさから肩を落とす。

「琥珀はほかにも何か、知らないかな。ぽんたのことに限らず、どんな情報でもいいんだ」

　それに気づいたのかどうか、悠人に代わって、今度は羽山が話を続けた。

「そうね……いなくなったのは今日でしょ？　建長寺の狸を見たって話は聞かないわ。生きてるにしても、死んでるにしても」

「それなら、よかった」

　琥珀の言葉は素っ気ないし、さりげなく胸に刺さるところもあったものの、それでも、明るい可能性を示唆している。

「その……和尚さんの生まれ変わりに会った、とかは……？」

「よほどのことじゃない限り、人間が前世を思い出したりしないはずよ。あの子にここから出ていく理由がないなら、その辺で遊んでいるんじゃない？」

「そうだけど、そろそろお腹が空いて戻ってくるはずなんだ。帰りたくても帰れないいんじゃないかな」

「たとえば？」

「道に迷ったとか。あるいは、怪我とか病気で倒れてるとか……」

可能性を考えていくと、どれもあり得るように思えてきた。

「病院はどうかな。狸って、保護しちゃいけないいんじゃなかったか？」

「怪我をしてたらべつだと思うけど……」

羽山の指摘に、悠人は反論する。

「だったら、尋ね人……じゃないけど、尋ね狸のポスターを作ってみるのはどうかしら？猫や犬ならよく見るじゃない」

「僕たちが一緒に暮らしてたって、ばれちゃわないかな」

大人たちの議論には入る気はないのか、リンリンはクレープを食べるのに没頭している。

「そこはふわっと表現したら？　最近見かけないので心配してます、とか。効果があるかはわからないけど、何もしないよりはいいと思うわ」

確かに名案だ。

「なるほど……ありがとう、琥珀」

「お礼よりも、このバナナクレープをもう一つくれないかしら？」

「もちろん、いくつでも食べていって」

「作ってやる」

ロンロンがかたりと立ち上がり、バナナを手に取る。その行動の裏にあるものが透けて見えるようで、悠人は唇を綻ばせた。


琥珀が帰ってから、四人で顔を突き合わせての作戦会議になった。

「ポスターって、どこで貼ればいいんだろう？」

「作ってから考えよう」

羽山はあっさりとしたものだ。

「ぽすたあってなあに？」

「知らせたいことを書いた貼り紙だ」

「そうそう、新作発売しましたとかああいう……」

そこまで言って、悠人はプロットが完全にストップしているのを思い出した。

だが、そんなことは言っていられない。

「あんまりたくさん貼らせてもらっても、終わったら、今度は回収しなくちゃいけないだろ？　そう考えるといっぱい作ればいいってものでもないよな」

羽山は真面目な顔だ。

「じゃあ、まずはコンビニ」

「うん」

「町内会の伝言板は無理だから……この辺の道路沿いの家かな」

「そうだね」

「犬や猫だったらペットの迷子掲示板があるけど、狸だからなあ……飼っちゃいけないから、載せられないし……」

同居人ではあるのだが、そういう問題ではないだろう。

「ぽんた……もどってこないのかな……」

じわり、とリンリンが涙目になっている。

「そ、」

「そんなことはない」

悠人が否定するより先に、ロンロンがはっきりと断言した。

「おいしいものの匂いがすれば、すぐに戻ってくる」

「くれえぷ……いいにおいだったのに……」

「旨いものが足りぬのだろう」

リンリンの言葉を否定するのが申し訳ないように、ロンロンがつけ加える。

「え？　あ、もしかして、もうお腹空いた？」

「がっつり空腹ってわけでもないけど、時間的には夕食時か」

羽山が同意を求めるように、意見を告げてくる。

「じゃあ、何か軽く作るよ」

「チャーハンとかでいいんじゃないか？」

「チャーハンか……」

悠人は少し考えてから、冷蔵庫をチェックする。冷凍していたぶんも総動員すると残りごはんが多めにあるが、にんにくの買い置きを切らしている。チャーハンをするなら、かりかりに炒めたにんにくは絶対に欲しいところだ。

「何か手伝おうか」

「大丈夫。確か、今日提出の企画書やってるんだよね。終わった？」

さっきは気が動転していて力を借りたが、よく考えたら羽山は忙しいはずだ。

「うっ」

案の定、羽山が胸を押さえる。

「でも、悠人だってプロット終わってないよね？」

「ぐっ……けど、それは料理しながらでも考えられるから」

「本当かなあ」

笑いながら、羽山は「早くできたら手伝うよ」と言い残して自室へ戻った。

あとは、特売の際に買って冷凍していたハムの切り落としが、まるまる一パックある。

あとはたまねぎと粉チーズ。

「よし！」

まずはたまねぎをみじん切りにするのだが、羽山が食卓を囲むレギュラーメンバーに加わったことで、料理の分量が劇的に増えた。そこで、思い切ってチョッパーを購入したのだ。

「リンリン、お手伝い頼める？」

「はあい」

ざっくり切ったたまねぎをチョッパーに入れて、蓋をする。

「これのひもをぎゅって引っ張って」

「こう？」

「そうだよ」

「えい」

勇気を出して、リンリンがひもを引く。

「わあ……」

チョッパーは内側のブレードが回転して中に入っている具材を細かくカットしてくれる仕組みで、リンリンは目を丸くしている。

「きれてる……」

「すごいだろう？　何回かやってくれる？」

「うん！」

なるべく細かめのみじん切りが必要な場合は、それだけ多くひもを引っ張ればいい。

リンリンは言われたとおりに、何度も繰り返している。

「おにいちゃん、もっと？」

「ちょうどいい。ありがとう」

「わあい！　おてつだい、できたの！」

悠人がたまねぎ入りのチョッパーを受け取りながらお礼を言うと、リンリンは誇らしげな顔になった。よかった。お手伝いをしたことで、だいぶ元気になってくれたみたいだ。

「よくやったな」

ロンロンがリンリンの頭を撫で、彼女が静かに頷く。

「………」

——いや。

もしかしたら、リンリンなりに悠人たちを元気づけたくて、わざと明るく振る舞ってくれているのかもしれない。

本来ならば、彼らは人間に気を遣ったりしなくてもいいのに。

だとしたら、精いっぱいおいしいものを作って、みんなにお礼をしなくては！

バターを溶かしたフライパンにたまねぎを入れて、しんなりしてくるまで炒める。そうしたら、そこにハムの切り落としを投入。ある程度火が通ったら、解凍したごはんと、コンソメと水を加えて煮る。

水分が減ってきたら頃合いで、そこに牛乳と粉チーズをたっぷりプラスする。

最後の味見ではもうちょっと風味が欲しかったので、だめ押しにバターを追加した。

「いいにおい～」

そこに、仕事の一段落をつけたらしい羽山が顔を見せた。

「本当だ。ぽんたも匂いにつられて、戻ってくるといいな」

「うん」

「ま、来なかったら来なかったで俺たちで食べちゃおうぜ」

羽山がリンリンの気持ちを盛り上げるように、悪戯っぽく言った。

水分がある程度飛んだら、これで、簡単チーズリゾットの完成だ。

あとはレタスを適当に切ったものと、庭で作ったミニトマトを添える。

「ひとまず、明日はポスター貼りがあるし、ごはんにしちゃおう」

「いただきまーす」

リンリンが子供用のスプーンを手に取り、ロンロンがよそったリゾットを一口含む。

「んん……おいしい……」

「どう？」

「ちいずがいっぱいで、おいしいの」

「旨いよ。これならいくらでも食べられそう」

羽山が手放しで褒めてくれたので、悠人は嬉しくなって口許を緩めた。

改めて自分のぶんを試してみると、玉ねぎのほのかな甘みとチーズの香ばしさが真っ先に舌に届く。次にやって来るバターとハムの塩味がちょうどよく、粉チーズなのでグラタンほどの重みはない。甘いものを大量に摂った身には、この塩味が沁みる。何より、チーズと牛乳とバターの乳製品づくしの調和が素晴らしい。

「腹ごしらえしたら、ポスターやろうか」

「そうだね」

「ん？　でも、ぽんたの写真って持ってる？」

「あっ！」

そういえば、人型になったぽんたの写真や、耳としっぽがぴょこんと飛び出したところはかわいすぎて何枚も撮っていたけれど、狸姿はあまり覚えがない。写真があったとしても、ぽんたを個体として判別できるくらいにわかりやすい写真は見つかるかどうか。

「スマホ見てみるよ」

「よろしく」

無言でロンロンが立ち上がったので、悠人は「どうしたの？」と尋ねる。

何か機嫌を損ねただろうか。

「お代わりだ」

ちょっと恥ずかしそうにロンロンが述べたので、悠人はくすっと笑った。

「いっぱいあるよ」と。

スマホのフォルダを探すとぽんたの狸形態の写真は予想より多く残っていたものの、写りはいまいちだ。

おまけに、家の中でごろごろしている写真は、飼っていたと指摘されると面倒なので使えない。庭が背景の写真はピントがぼけていて、後ろのスナップエンドウに焦点が合ったりしている。

こういうときに、きちんと写真を撮っておかなかったことを反省してしまう。

それでも、ましなものを選ぶと、羽山はすぐにポスターを作ってくれた。

「これでいい？」

ディスプレイ上でチェックを頼まれ、悠人は頷く。電話番号は悠人の携帯にした。

「すごく上手だね。意外」

「書店用のＰＯＰ作ったりもするし、画像もいじれたほうがいいから覚えたんだ」

こともなげに羽山は答えた。

「何枚くらい印刷する？」

「うーん……うちのプリンタだとあんまりきれいじゃないし、朝になったら、コンビニ行ってみる。貼れるところがあるか探したいし」

「手伝おうか？」

「大丈夫だって。貼るときに手伝ってくれる？」

「了解」

仕事が忙しい羽山を巻き込むことはできず、悠人はできるだけ元気な声を出してみせた。

「じゃ、朝飯は俺が作るよ」

「うん、簡単でいいからね」

とりあえず今夜はおとなしくベッドに入った。

明日はポスターを印刷して、貼らなくちゃ。あとは、畑を放置してしまっているので、水をやろう。

あれこれ考えているうちに、とろりとした眠りに引き込まれていく。

……誰かが、泣いている。

木々のあいだを歩いていくと、声がはっきりとしてくる。

あれ……ぽんたかな。

ぽんたの声だ。

木の根元にへたりと座り込み、ちびっこのぽんたがぽろぽろと涙を流していた。

——かえりたい……かえりたい……おしょうさま……。

和尚様、か。

ぽんたは和尚様を選ぶんだなあ……。

「！」

はっと、夢から覚めた。

気がつくと、悠人の目のあたりも濡れている。

やっぱりまだ、拗ねてる自分がみっともなくて、恥ずかしくて。

羽山だったらどうするんだろう……？

悠人はドアを開けて部屋の外に出ると、そのまま階下へ向かう。和室にはぽんたがおらず、彼の使っていた布団一式がきちんとたたまれていた。

部屋全体がぼんやりと明るいのは、ぽんたがいつ帰ってきてもいいように、雨戸を閉めていないせいだ。

「悠人？　寝たかと思った」

「変な夢、見ちゃって」

「どんな？」

羽山は尋ねながら、障子を開ける。雨戸は閉めていなかったので、すぐに、月の光が明るく室内を照らし出す。

「ぽんたが、和尚さんを恋しがってる夢」

「それで落ち込んでるんだ？」

さすが、つき合いが長いだけあって目敏《めざと》かった。

「だってさ、ぽんたはやっぱり和尚さんが一番なんだなって」

「それは仕方ないんじゃないかな？　ぽんたの原点なんだし」

羽山はこともなげに言う。

「僕が和尚さんを羨んでるから、それで……ぽんたは嫌になったのかもしれない」

「そこまで聡《さと》くないと思うけどなあ」

意外と冷たい発言に、悠人は小さく笑った。

「でも、羽山は気にならない？　ぽんたの一番が和尚さんなの」

「うーん……まあ、そうだな。俺はぽんたとのつき合いは短いけど、ぽんたはおまえや俺との生活を大事にしてるのはわかるよ。おまえが仕事で忙しいときは、焼き餅を焼いてただろ？」

　それは悠人を慰めているだけのように思えて、答えられなかった。

「それに、和尚さんがいたから、今のぽんたがいるんだ。でなきゃ、ぽんたがぽんたでなくなっちゃうよ。何よりもさ、もう生まれ変わらないかもしれない」

「……！」

　そうだった。一番大きな前提を、すっかり忘れていた……。

「俺は今のぽんたが好きだよ。可愛いと思うし、力になってやりたい。二番目でも三番目でもいいんだ。俺の勝手だし、俺の我《わ》が儘《まま》だから」

「すごいなあ……僕には、そう簡単に切り替えられないよ」

「そこが個性なんだよ」

　悩んだり焼き餅を焼いたりするのも、個性か。

「それに、ぽんたとのつき合いは悠人のほうが長いんだ。長いなりに、葛藤《かっとう》があっても仕方ないと思うけどな」

「——そっか……」

羽山が「おやすみ」と言っていなくなったあと、悠人はぽんたが使っていたタオルケットを掴む。

狸の匂いがした。

ぽんたにもう二度と会えないのは、淋しい。

それだけだ。

だったら、よけいなことを考えないほうがいい。

ぽんたが帰ってきてくれたら、おいしいものを一緒に食べられたら、それだけで嬉しい。

それでいいんだ、きっと。

3

朝食後、悠人はポスターのデータをコンビニのコピー機に送信してから出発した。

ふもとのコンビニまでは、徒歩で十分くらいだ。

好天だからか、今日もあたりは観光客が散策しており、皆、明るい表情だ。

……いいなあ。

自分もあんなふうに楽しそうに、ここを歩きたかった。今はぽんたがいないのが心配で、胸が潰れそうで、苦しくてたまらない。

いつの間にか、ぽんたに対してこんなに思い入れができてたんだ……。

コンビニの自動ドアの前に立つと、軽快な音楽とともにドアがすうっと開く。

コピー機の近くには人がいなかったので早速コピーを始めるが、すぐに紙が足りなくなってしまう。

「すみません」

レジに声をかけると、派手な金髪の青年が顔を上げた。コンビニの制服を身につけているが、体格がいいせいでやけに小さく見える。

「はい」

「紙が切れちゃって」

「あ、今、やります」

青年はさっとカウンターから出てきて、備品の中から紙を詰めてくれる。彼は不意に、機械から吐き出された印刷物に目を留めた。

『このたぬき　知りませんか？』

大きなキャッチコピーとともに、悠人が撮ったぽんたの写真が何枚も貼られている。正直、普通の人にはぽんたの見分けはつかないだろうし、悠人自身だってほかの狸とぽんたが並んでいても、ぽんたを判別する自信がない。

「狸？」

「え、えっと、いや、これは…よく庭に来るのに、最近見ないんで……」

こういうときにスムーズに言い訳をできないとだめなのに、舌がもつれてしまう。

「この子、知ってる」

店員にしてはぞんざいな口ぶりだったが、それも気にならない。

「えっ⁉」

我ながら、間抜けな声が出てしまう。

「狸の見分けってつかないから、たぶんって感じで。そっか、飼い主がいたんだ」

「いや、飼い主とかじゃなくて……」

ここはちゃんと弁明しないと、飼ってはいけない動物をかくまう違法者だと思われてしまう。

しかし、相手はまったく聞いていなかった。

「仕事が終わったら連れていきますよ。家、どこですか？」

青年はめちゃくちゃマイペースだった。名札を見ると、『小町《こまち》』と書いてある。

小町くんか……。風貌に似つかわしくない愛らしい名前で、これなら一発で覚えてしまう。

「電話してくれれば、こっちから行きます」

もしも、狸違いだったらそれはそれで面倒だ。

「いいですけど、うち、ちょっとわかりにくいんで。家はこの辺ですか？」

完全に押し切られるかたちで、

「じゃあ、そこの信号を曲がって真っ直ぐ上がった山の上で……」

「山の上？　たいていの家は知ってるけど……お名前、三浦《みうら》さんでしたっけ？」

彼はちらっとポスターを見て、悠人の苗字を確認している。

「あ、同居してるんです。表札は『羽山《はやま》』です」

「『はやま』って、羽って書く？」

「はい」

そこでぱっと小町の顔が明るくなった。

「ああ、なんだ！　あいつの友達かあ」

口調も一転し、親しげなものに変わる。

「え、知ってるんですか？」

「うん、小学校の同級生。羽山んちならすぐわかるから、仕事終わって夕方……六時頃になったら連れてくよ」

「お願いします」

悠人はぺこりと頭を下げた。

こんなに呆気なく道が開けるなんて、思ってもみなかった。これは、いい提案をしてくれた琥珀においしいおあげを振る舞わなくてはならなかった。


「……おなかすいたの……」

「少し待て、リンリン。あれが戻ってからだ」

「うん。まてるもの」

ロンロンにたしなめられたリンリンはしょげたりせず、それどころかどこかうきうきした様子で、先ほどから台所と玄関を往復している。

そこで、インターフォンのベルが鳴った。

「はーい」

『あの、狸の件で……』

「今、開けます」

はやる気持ちを隠しながらドアを大きく開くと、ペット用のキャリーバッグを抱えた小町が立っていた。

「どうも」

「こんばんは」

小町はぺこりとお辞儀をする。

「あれ？　小町谷《こまちや》？」

「よう」

遅れて顔を出した羽山は、小町――ならぬ小町谷を見つけてにっこりと笑った。

「小町っていうから思い出せなくって。どんな可愛い子かと思ったよ」

「名札は短くしてるんだ。呼びづらいし」

「一文字しか変わらないのに？」

他愛もないことを言いつつ、小町谷はキャリーバッグを玄関に置いた。

小町谷がキャリーバッグを開けると、おずおずとぽんたが狸の格好でタイルに足を踏み出す。

「よかった、ぽんた……」

その姿を見て涙腺が決壊するかと思ったが、先に、笑いがこみ上げてきた。

「ぽんた……⁉」

「何それ、スカート……？」

狸姿のぽんたは、腰から下に赤いスカートのようなものを身につけていた。

「創作意欲が湧いてさ。どう？」

「…………」

たっぷりした同色のフリルのついたスカートを穿かされたぽんたは、上体を起こし、どこか惨《みじ》めそうな顔で上目遣いに悠人を見上げた。

「とにかく、ありがとう」

「どういたしまして。この子、人に化けられるんだね」

「は⁉」

唐突に部外者には知られてはならない事実を突きつけられて、悠人は動揺する。

「な、な、何を……」

「はい」

彼はそう言うと、紙袋を手渡す。その中には、ぽんたのTシャツやショートパンツ、靴が入っていた。

これはもう、動かぬ証拠というやつだ。

それでも往生際が悪く言い訳を探している悠人を見つめ、彼はにこっと笑った。

「気にしなくっていいよ。この辺、よくいるから」

「へ？」

「狐とか、狸とか。八幡様の近くは化け狐を見かけるし」

……琥珀だ。

言い逃れできなくなった悠人はぽんたのケージを開けると、足許でうずくまるぽんたに「ぽんた」と声をかける。

「きゅう……」

「ばれてるみたいだよ？」

「ふえぇ……ふかくです……」

ぽんたはしょんぼりとしっぽを落として、悠人の後ろにこそっと隠れた。

「どうして俺の前で口、利かなかったんだ？」

少し拗ねたように小町谷が尋ねる。

「うりとばされるのです！　どうが、ひゃくまんさいせいなのです！」

「ああ……そっか、その手があったか」

　小町谷はぽんと手を叩いた。

「ちょっと化けてみてよ」

「ひえええええ」

　ぽんたはがたがたと震え、悠人の膝にむぎゅっと抱きつく。

　あたたかい。

「小町谷、さすがにそれは冗談きついよ」

　羽山にたしなめられ、小町谷はからからと笑った。

「化けてるのがわかるって、怖くないんですか？」

　悠人が尋ねると、彼は「ここ、鎌倉だし」と平然と答える。

　何やら、前にも聞いたことがあるような台詞だ。

「古いものも新しいものもたくさんある。そういうところじゃ、何が起きてもおかしくないからさ」

「……そっか」

　納得した悠人が頷くと、小町谷は笑った。

「その子が倒れたときも、そばにおじいさんが見えた」

「えっ」

意外な台詞《せりふ》に、はっとする。

「こっち見て、何とかしてくれって言ってるみたいだったから連れて帰ったんだよ。道路に飛び出して轢かれてもかわいそうだし」

「どんな人だった？」

「小柄だったたってくらいしか、覚えてないな。幽霊っていうより、イメージみたいな感じだったたからかも。誰かの気持ちがたまたま人型になったみたいな……」

「そっか……」

それが和尚様の思いなのか、何なのかはわからない。けれども、誰かがぽんたを守りたいと願ったのは本当なはずだ。

「ありがとうございました。お礼はまた今度させてください」

「それはいいよ。うちのみーやがいなくなってから、久しぶりに誰かの洋服を作りたいって思えたから」

「このキャリーバックどうしたの？」

「おまえと三毛猫拾ったの覚えてない？」

「ああ、あの子」

「みーやだよ。去年まで生きてたんだよな」

「すっごく長生きだな」

羽山は驚いた様子で、話が弾んでいる。

小町谷のことは羽山に任せて、悠人はぽんたに食堂に行くよう促した。

「ただいまなのです」

いつもの三歳児姿になったぽんたが声をかけても、台所に立っていたリンリンとロンロンは何も言わなかった。

ロンロンは鍋をせっせと洗い、リンリンは皆のぶんの箸を出している。

「………」

「な、なにかてつだうのですよ」

「狸は座ってろ」

ロンロンに冷たく言われ、ぽんたはしょんぼりと肩を落とす。

沈黙が訪れ、ぽんたはすがるような目で悠人を見上げた。

「ぽんたは……ぽんたは、いてもいなくてもおなじだったのですか……」

「そんなことないって」

悠人は苦笑し、ぽんたの肩を叩く。

「二人とも、歓迎しているからお手伝いしてくれてるんだよ?」

「歓迎など」

「ロンロンはいつも、お皿を出してくれるくらいじゃない？　今日は鍋を洗ってくれてるんだよ」

「お皿も鍋もそう変わらないのです」

むくれるぽんただったが、リンリンを見て「あっ」と声を上げた。

「てが」

ぽんたは慌ててリンリンに駆け寄り、その小さな手を持ち上げる。リンリンの指には、そうとわかる傷がついていた。

「ごしゅじん、リンリンの手が！」

「……それはあれだよ、ほら」

悠人が指さした先には、リンリンが収穫してくれたミニトマトの山があった。

「トマトでございますか？」

「収穫するのを手伝ってくれたんだけど、枝で傷つけちゃったみたいなんだ」

「ごちそう、リンリンにはつくれないから……」

しょぼんとリンリンは肩を落とす。

「ごちそう⁉」

ぽんたははっと声を弾ませた。

「おいわい、したかったの……ぽんたがいないとさびしいもの」

「わ、わたくしめも！　わたくしめも、みなにあえなくてさびしかったのです！」

「……ごめんって」

苦笑するように小町谷が謝った。

「まあ、おまえにも悪気がないから仕方ないよな」

「そういうこと」

小町谷は羽山からビールの缶を受け取って、流れるように蓋を開ける。

「えっ」

そこで違和感に気づき、思わず悠人は声を上げた。明らかに、大人が一人多い……。

「小町谷さん、帰ったんじゃなかったの⁉」

「いや、何となく流れで」

羽山の声に、気づくと小町谷も同席していた。このまま夕飯まで食べていく流れのようだ。

「ぽんたのこと、怖くないんですか？」

「べつに……慣れてるって言っただろ。それに、ほかのメンツもなんだか面白い感じがして」

顎で二人を示した小町谷は、にやっと笑う。

「もしかして、幽霊が見えるとか？」

「いや、耳が出てる」

「リンリン！」

気がつくとリンリンの服はもこっとしっぽが盛り上がり、明らかに何かある様子だ。加えて隠しようがなく茶色の耳が頭から飛び出していた。

「ごめんなさい……」

リンリンがしょんぼりとするが、羽山は「小町谷は誰にも言わないから」と慰めてくれる。

「小町谷だよ。よろしく、二人とも」

「ロンロンだ。こちらがリンリン」

「なるほど、兄妹か。よければ測らせてほしいなあ」

小町谷はチノパンツのポケットから四角いものを出し、びいっと伸ばす。

メジャーだった。

「スリーサイズを？」

「まさか、リスなんだろ？　動物に戻ったときの全長だよ。ぽんたくんはたっぷり測らせてもらったから」

「え、そうなの？」

「うう……ぺんちがこわくて、ていこうできなかったのですう……」

ぽんたがいじいじと自分のしっぽをいじる。

最早、隠すつもりもないようだった。

「ペンチ⁉　お前、ぽんたろうを脅したのか⁉」

「ケージを直すつもりだったんだよ。俺も手伝うよ。何すればいい？」

「じゃあ、下ごしらえを頼めるかな？」

「これ、なすだよな？　面白いかたちばっかりだな」

流し台に置いたなすを取り上げ、小町谷は感心したようにつぶやいた。

「うちの自家製」

「え、羽山って畑とかガーデニングとかやるんだ？　イメージじゃないけど」

「悠人が好きなんだ」

「一緒に暮らしてるの？」

「うん、最初管理人やってもらったけど、今、テレワークでこっちに戻ってるんだ」

「自家製の野菜で夕飯か。いいな。で、なすをどうするんだ？」

薄く切ったなすの山を、彼はしげしげと眺めている。

「巻くから切れ、と言われた」

ロンロンの返答は端的だ。

「巻く？」

「イタリアンで、インボルティーニって料理です。今日は、スライスしたなすで、肉とかトマトとか巻いて焼く」

「へえ、旨そう」

小町谷は目を輝かせる。

「ロンロン、大人が一人増えたからなすをもっと切ってもらっていい？」

「ああ」

最初は大きななすを四個か五個でよさそうだとの計算だったが、一人追加では足りなくなるのは目に見えていた。

「初めて作るから味はわからないですけど、みんなでやればきっと上手くいくはずです」

「そういう考え方、賛成だ」

小町谷は屈託なく笑った。

突然小町谷を食卓に招いた羽山に言いたいことはあるが、ばれてしまった以上は仕方ない。下手に隠し立てしても相手の好奇心を掻き立てるだけだ。

小町谷に対するぽんたの警戒心を払拭するには、おいしいものを一緒に作ってもらうほかない。

調べてみたところ、インボルティーニはイタリア語で包むとか巻くとかいう意味だそうだ。

今回はなすのインボルティーニ。

巻いてあれば何でもいいらしいので、塩をかけてしんなりさせた薄切りのなすに、豚肉とトマト、フレッシュバジルを載せて巻いてみる。なすを丸めただけでは留まらないため、つまようじを刺して開かないようにした。

せっかくなのでみんなが自分で好きなものを焼けるように、ホットプレートを出した。思ったとおり、小町谷はとても器用だ。リンリンやロンロンの数倍のスピードで、どんどんインボルティーニを作り上げていく。

「チーズもいいかな」

彼がつぶやいたので、悠人はテーブルをセッティングする手を止めた。

「スライスでよければありますよ。あとはカマンベールと、モッツァレラ」

「モッツァレラは、べちゃってしちゃうかも」

「あ、そうですね」

同年代だと思うが、何となく、小町谷には敬語で接してしまう。

マッシュルーム入り、豚肉入り、ソーセージ入り。変わったところではチョコレートを入れているが、これは微妙そうだ……。

味つけはしょうゆでも塩こしょうでも、ソースでも好きなものでいい。

ともあれ、みんなでわいわいと準備をしているうちに、具材は完成した。

インボルティーニだけで百個くらいあるが、大の大人が三人もいるのだから、食べ切ってしまえるだろう。

むしろ足りないと困るので、買い置きしてあったせせりをにんにくしょうゆで炒めた。あとは簡単なサラダを付け合わせにして、準備完了だ。

羽山の「食べようか」という台詞で、皆が席に着いた。

「ぽんた、お帰りなさい」

「かんぱーい！」

悠人の音頭で皆でグラスを合わせると、小町谷が「すみません」と肩を竦めた。

「わたくしめは、ひどいめにあったのです……」

「家出したのはぽんただろ？」

「うっ」

「いいじゃないか、可愛いスカートを作ってもらえて」

「むう」

ぽんたはむっと唇を引き結んだ。

「そういえば、どうして一人で出かけたの？」

「……おしょうさまについてしらべたくて、としょかんにいきたかったのです」

「場所、知ってるっけ？」

図書館と言われて、羽山は首を傾《かし》げる。

「しりませぬが、いきつけるとおもったのです……」

ぽんたは申し訳なさそうに俯く。

「じゃあ、次に和尚さんについて調べるときは僕がついていくよ」

「はい！」

ぽんたは頷く。

「それに、ひとりはつまらないです。ぽんたは、ごしゅじんやみんなでいっしょにいるのが、いちばんたのしいです。やっとわかりました」

「……そっか」

「焼けたよ、食べようぜ、ぽんすけ」

「いただくのです！」

「お近づきの印に、これ、あげるよ。どうぞ」

ぽんたの隣に座っていた小町谷が、焼けたばかりのインボルティーニをぽんたの皿に載せる。

「へんなものははいっていませんか？」

「俺が巻いたから大丈夫」

「ふうむ」

ぱくり、とぽんたが次を口に運ぶ。

「ふおお……」

大きめのインボルティーニに噛みつき、ぽんたは目を丸くする。

不用意に噛んで、熱いトマトの汁気が口の中で炸裂《さくれつ》したのだろう。

「あち！　あちち！」

「大丈夫⁉」

慌てて水の入ったグラスを差し出すと、ぽんたはふるふると首を振りながらも目を白黒させてそれを噛んだ。

「お、おお……」

「やけどしちゃった？」

「おいしいのです……‼」

ぽんたは涙目になってインボルティーニを指さす。

「じゅわっとあついとまとのしると、ちいずのにおいがまじりあってたまらないのです。さいこうなのです！」

「旨いだろ？　俺のチョイスだからな」

「しょう〜！」

ぽんたは目をきらきらさせている。

「師匠《ししょう》？」

「ご主人と家主と、師匠か……まあ、いいんじゃない？」

羽山は楽しげに笑いながら、ビールを口に運ぶ。

世の中にぽんたの秘密を知る人が一人増えてしまったけれど、それもいいのかもしれない。

悠人もインボルティーニを一つ食べてみる。水分の抜けたなすに、チーズとバジルのハーモニーがたまらない。なすって和でも洋でもつくづく万能選手で、主張の違う二つの味と香りを上手にまとめ上げている。チーズだけ、バジルだけでも物足りないだろう。そこに豚肉とトマトが加わったら、最強のチームじゃないか。これはほかのチームの味も知りたくなる。

「ぴみゃああ！」

リンリンが奇声を発する。

「ど、どうした⁉」

「ちょ、ちょこが～！」

「あ……リンリンははずれを引いちゃったんだね」

悠人は苦笑し、今度はリンリンにグラスを渡す。

「つ、つぎはあたりにするんだもん！」

リンリンが真っ赤になって、次のインボルティーニに視線を走らせる。

「はずれは一個だけだからさ」

「ぽんたにはちょこれえとはかみのさいはいなのですよ⁉」

「じゃあ、もう一個作ればよかったな」

小町谷が楽しげに笑う。

「そういえば、さっきサイズ測るって言ってたけど洋服でも縫うんですか？」

「いや、マクラメ編み」

「枕……？」

聞き覚えのない言葉に、つい、悠人は問い返してしまう。

「じゃなくて、マクラメ。ひもとか糸を編んでいろいろ作るんだ」

「編み物じゃないんだ？」

羽山が質問すると、小町谷は「違うな」と短く断じた。

「洋服じゃなくて、ベルトとかタペストリーみたいなのだよ。俺に作れるのは、目が詰まってないから、服には不向きだな」

「リンリンのベルト？」

自分の名前が出たので、リンリンがぱっと顔を上げる。

「あ……いや、考えてるのは別のもの。できあがったら見せるよ」

小町谷は微笑する。

と言うことは、小町谷はまたここに遊びに来るつもりのようだ。

「随分入れ込んでるんだな。そういや、今、何してるんだっけ？」

「俺はハンクラで作った指輪とかをネットショップで売ってるんだ」

ハンクラとは、確か、ハンドクラフトの略だ。

「へえ！」

「じゃあ、コンビニの店員は？」

「あれは実家」

「えっ」

「人手が足りないときに手伝ってるんだよ」

なるほど、そうだったのか。

道理で店員ぽくない、フランクな態度だったはずだ。

「裁縫《さいほう》とかは趣味だな。型紙とかを一から考えられるわけじゃないから、そういうのは売れないし」

「著作権とかあるんだっけ」

「もちろん、オリジナルで作れればいいんだけど、そこまで独創性を出せないからさ。考えられる人はすごいよ」

熱っぽく語る小町谷は、好きなものに情熱を注げるタイプのようで好ましい。

羽山が親しかったのも、わかるようだ。

「みーや……うちの三毛猫がいなくなって、新作を誰にも着せられなくて。ぽんたくんに着せられて、少し、気が紛れたよ」

「きがまぎれる、とは……？」

ぽんたが大人の会話に口を挟んでくる。

「淋しいのが、どこかにいったんだ。ありがとう」

どこかしんみりとした小町谷の口調に、ぽんたなりに感じるところがあったらしい。

「……ぽんたは……ぽんたでよければ、もういちどくらい……」

「着てくれるのか⁉」

「ししょうのたのみなら、かまいませぬ」

「そうか！」

小町谷が本当に嬉しそうな顔をするものだから、こちらの胸も熱くなってくる。

なんだか、こんなにぎやかな夜もいい。

そんなことを考えてしまう、北鎌倉《きたかまくら》の夜だった。

第4話

初秋

ごちそうはやっぱりローストチキン

第4話　初秋　ごちそうはやっぱりローストチキン

1

「今度、うちのウェブに短編書かない？」

そんな軽い言葉に三浦悠人《みうらはると》が飛びついたのが一週間ほど前のこと。

ただし、締め切りまでの期限は十日。

羽山祐《はやまたすく》の所属する編集部で短編の依頼を立て続けにもらっており、最近は売れないなりに順調だ。今年はまだ単行本の「た」の字も出ていないが、どんな依頼であっても小説関係はとても有り難い。

ときどき、悠人が申し訳程度に開設したＳＮＳのアカウント経由で依頼も来るのだが、あまり条件が合わないものが多かったり自費出版だったりと、なかなか羽山の会社以外とは関係が生まれない。

ともあれ、原稿が完成した。

両手をパソコンデスクについて、悠人は今の感情を噛み締める。

間に合ってよかった……！

ウェブ掲載なので、締め切りはあるようでない。けれども、ここではきちんと間に合わせたほうが心証がいいだろう。その一心で頑張ってきたのだ。

隣の部屋にいる羽山に向けてメールを書きながら、悠人はふうっとため息をつく。

送信ボタンをクリックする。

それからうーんと身体を大きく伸ばし、「よし」とつぶやいた。

ひとまず、家事をしよう。ここのところ、いろいろなことをサボってしまっていたからだ。

そこで「開けていい?」と廊下から聞かれ、返事を発する前にふすまが開いた。

顔を見せたのは、羽山だった。

「悠人、原稿ありがとう」

「……あ、うん」

同じ家に住んでいるのだから即レスなのはかまわないが、原稿が上がった感慨というものが若干薄らいでしまう。

とはいえ、編集者からなかなか返事がもらえず気を揉むケースをネット上で見聞きした記憶もあるし、リプライがまったくないよりはいいはずだ。

「すぐ読んで、返事するよ」

「ありがとう」

悠人は苦笑し、ひとまず一階に向かう。

さて、今日の昼ごはんはどうしよう?

「えーっと」

冷蔵庫を覗くと、買ってきたきり放置だった塩だらが二パックもあった。

じゃがいもと、牛乳と卵、サラダ用のレタス。

昨日は鎌倉駅で打ち合わせだった羽山が、帰りがけに『BREAD IT BE』にわざわざ寄って入手してくれたバゲット。

五人ぶんにはぎりぎりだけど、サラダこそメイン。卵をたくさん茹《ゆ》でて、かさ増しをすればいける。

まずは雪平鍋に乱切りしたじゃがいもを入れ、牛乳を注ぐ。どちらにしてもこのあとフードプロセッサーを使うので、じゃがいもの大きさは適当だ。火を点けて、じゃがいもがやわらかくなるまで加熱する。

そのあいだにたらの骨と皮を取り除いて、じゃがいもの鍋に投入。たらの火が通るまで、さらに煮る。

頃合いを見て火を止めて、フードプロセッサーにかけてペースト状にする。

ちなみにフードプロセッサーは、チョッパーを使ってるのを見た羽山が、記憶を頼りに納戸から探し出してくれた。

最後に、塩こしょうとオリーブオイルで味を調えて完成だ。

手頃なサイズの益子焼の器があったので、それに盛りつける。羽山の家には、洋風の磁器よりも、和の陶器のほうが多い。

あとは、ゆで卵たっぷりのレタスとトマトで作ったサラダ。リンリンとロンロンが来るだろうしと、砕いたナッツをココット皿に入れた。

「これでよし、と」

昼食の支度ができたので、「ごはんだよ」と導入したばかりのスマートスピーカーで二階の羽山に呼びかける。

それから縁側に行き、庭に向かって「ごはんできたよ」と声を張り上げると、ミニトマトの茂みから、ひょこっとぽんたが顔を出した。

「ごはんでございますか！」

気を抜いた拍子に、ぴょいと耳が飛び出して帽子を押し上げた。

ここが家の敷地内でよかった、そう思う瞬間ナンバーワンだ。

「うん、手を洗ってきて。リンリンとロンロンがいたら、食べるか聞いてみて」

「わかりましたなのです」

ぽんたが胸を張ったので、悠人は食堂へ戻る。

廊下にぽんたの毛が落ちているのに気づき、最近、仕事にかかりきりだったと反省を深めた。

「世話になる」

ロンロンがぼそっと言って、食堂に入ってきた。

「いいよ、織り込み済み」

すぐに羽山、ぽんた、リンリンとロンロン、そして小町谷《こまちや》が食卓に着いた。

「じゃあ、いただきまー……」

そこで悠人は言葉を切った。

毎度ながらコントみたいだけれど、何かおかしい。

「小町谷さん、どうしてここに⁉」

「届けものに来たら、ぽんたくんに誘われて」

小町谷はさらっと答える。

リンリンとロンロンは小町谷にすっかり慣れているのか、耳もしっぽも飛び出している。

「ししょうがごはんがまだだときき、こえをかけました。いけなかったでしょうか……」

しゅんと肩を落とされかけて、悠人は慌てて首を横に振った。

締め切り前日とかでなければ、食卓を大勢で囲むのは楽しい。特に、小町谷と羽山は悠人と同年代なので、話題も重なる。同じフリーランスとして、小町谷の飄々《ひょうひょう》とした姿勢は羨ましかった。

「いや、いいよ。でも、パン、足りるかな」

「パンなら、持ってきたよ」

悠人の懸念を打ち消すように、小町谷はあっさりと告げた。

「えっ⁉」

「朝、起きたらでき上がる設定だったけど、寝坊しちゃってさ。まるっと残ってるんだ」

彼ははにかんだように笑いつつ、きれいに焼けたシンプルな山型食パンを、足許のかばんから出した。

「ありがとうございます！　これなら全員で食べてもおつりがくるくらいですよ」

「どういたしまして」

改めて食事を始めると、小町谷はもの珍しそうに丸皿を指さした。

「これ、なに？」

「たらのブランダードです」

冬場、パックに何切れも詰め込んで安売りしているたらを何とか食卓に載せたいと考えて、ネットで何度も検索をかけて辿り着いた料理だ。

試しに一度作ってみたところ、子供たちにも大好評。人気を見越して多めに準備したつもりでも、毎回売り切れてしまう。

「そういえば、このあいだも洋食だったっけ。お洒落な料理だけど、パンにつけるの？」

「うん」

悠人が頷く。

「俺、たらはあんまり得意じゃなくて……」

申し訳なさそうに小町谷が謝ったので、悠人はくすっと笑った。

「小町谷さん、何でもいけそうなのに意外です」

「たらのどこが嫌いなんだっけ？　匂い？」

「うん」

割り込んできた羽山に小町谷が同意したので、羽山は「これはそうでもない」と答えた。

「たらの匂い、気になるよね。でも、これは牛乳で煮てあるから」

「あれって腐敗臭っていうじゃん？」

「ふはいしゅうってなあに？」

リンリンが疑問を挟む。

「何かが死んだときの臭い。けど、肉も魚も食べるときにはもうお亡くなりになってるから、たらはそういう臭いが人一倍強いってことかな」

「人じゃないだろ」

突っ込みつつも丸皿に手を伸ばした小町谷は、木製のスプーンで白いペースト状になったブランダードを控えめにすくう。それをバゲットに載せて、意を決した様子でかじりついた。

その顔が、すぐさまぱっと輝いた。

「旨い！」

「そうなのです。ごしゅじんのごはんはおいしいのです！」

なぜかぽんたが胸を張る。

「口に合って、よかったです」

「あんまりたらの匂い、しないいんだね」

「牛乳で煮てるから」

悠人も同じで、バゲットに遠慮なくブランダードをたっぷりつけた。

じゃがいもとたら、牛乳が混ざり合ったなめらかなペーストは、一見するとマッシュポテトにも似てとてもクリーミーだ。たらだと言われなければ、気づかない人だっているのではないだろうか？

香りの高いバゲットに、ブランダードはしっくりと嚙み合っている。いつかチーズをかけてグラタンのように焼いてみたいと密かに狙っているが、いつも余らないので試したことがない。

「そういえば、小町谷さんは何か用があったんですか？」

食後のお茶を飲みながら聞くと、小町谷は「そうだった」と足許に置いた帆布製のかばんを探る。なんでも出てきて、まるで、魔法のポケットのようだ。

「これ、台湾《たいわん》リスのお二人に」

小町谷が出したものは、白いひも状の物体だ。何なのか、まったく想像がつかない。

「リンリンに？」

サラダのナッツだけかじっていたリンリンの耳が、ぴょこんと揺れる。

「ほう」

「リンリンとロンロン、二人で一度に使えると思う」

ロンロンは興味をそそられたように、リンリンの手許に目を注いだ。

「うん、広げてみて」

「おにいちゃん」

リンリンにせがまれ、ロンロンが片方を持つ。もう一方をリンリンが持ち、ひも状のものをそっと広げてみる。

「ハンモックか！」

羽山の言葉に、小町谷はぐっと親指を立てた。

「正解」

白いひもで編まれたハンモックは、両端をどこかに引っかければ場所を問わずに使用できるだろう。リンリンが乗っても、ロンロンが乗っても、二人一緒でもいけそうなサイズ感だった。なんていうか、部屋の装飾みたいでとてもゴージャスだ。

「これ、前に話してた枕……ですっけ？」

「マクラメ」

さくっと小町谷が訂正を入れる。

「すごいな、こことかちゃんと模様になってる」

立ち上がった羽山がリンリンの手許のハンモックを覗き込み、丁寧に編み込まれた模様を見つめて感心したように言った。

「これを、どこかに設置してもいいか？」

小町谷が尋ねると、羽山は「もちろん」と頷いた。

「あまり細い枝はやめたほうが無難だな」

「待って、リンリンとロンロンが使うなら庭だけど、汚れちゃわないかな？　せっかくきれいなのに」

悠人が懸念を示すと、サラダにナッツをかけていた小町谷はまるで気に留めていない様子で顔を上げた。

「汚れてもいいよ」

小町谷はけろっと答えた。

「かまわないんですか？　こんなによくできてるのに？」

「使ってほしくて作ったんだ。庭で楽しく日向ぼっことかしてくれるなら、それで嬉しいよ」

にっこりと笑う小町谷に、リンリンは顔を真っ赤に染めた。

「ありがとう、おにいちゃん！」

「うおっ」

小町谷が胸元を押さえる。

「な、なに？」

「一人っ子だからさ……いいな、おにいちゃんって響き」

「わたくしは!?　ぽんたのはないのですか、ししょう！」

「いいけど、ぽんたくんはジャンプできる？」

「はっ」

ぽんたは右腕を口許に当て、ががーんという顔になった。

「た、たしかに……」

「ぽんたくんには、また何か考えるよ」

「そうだね。ぽんすけも洋服作ってもらったら？」

「すかあとは、ちょっと……よごしてしまうのです」

食器をシンクに片づけてお茶を淹れ始めた羽山に対し、ぽんたがまっとうな反論を試みた。

「ごちそうさま」

リンリンはとっくに食事を終えており、「にわにいくの」とロンロンの裾を引っ張っている。

「よし、さっそく設置するか」

「何か道具いる？　なら、物置にあるよ」

緑茶を注ぎながら、羽山が朗らかに尋ねる。

「リンリンちゃんは軽いし、枝に結ぶだけで平気じゃないかな」

小町谷はうきうきとした様子で立ち上がる。

「あのね、すきなえだがあるの」

「お、そうなんだ。どこ？」

「こっち！　こっちはね、おにいちゃんがはたけをするの、みられるの」

リンリンは足取りも軽やかに、小町谷を庭へと誘う。

そんなリンリンの姿を、ぽんたは何も言わずにじっと見つめていた。

2

翌朝。

目を覚ました悠人が雨戸を開けると、すぐにぎゃっぎゃっという声が聞こえてくる。

窓から身を乗り出すように庭を見下ろしたところ、リンリンらしい台湾リスが、ハンモックに揺られている。どうやら、興奮して発した声のようだ。

もともと猫用のハンモックだそうで、隙間からリンリンが落ちるのではないかと心配していたが、そこは機敏な獣だから、どうとでも対処できるだろう。

「おはよう」

階段を下りたところで、顔を洗ったばかりと思しきパジャマ姿の羽山と鉢合わせになる。

「おはよ。昨日の原稿なんだけどさ」

起きるなり原稿の話題とは、かなり濃厚だ。

「もしかして、直しとか多かった?」

内心はどきどきしながらなるべく平静を装って切り出すと、彼は「まさか」と陽気に答えた。

「面白かったし、すぐに編集長に読んでもらったら、ほかの作品も読みたいってさ」

「えっ」

そんなに急に依頼が決まるのは初めてで、悠人は目を見開く。

「よかったら、しばらく鎌倉《かまくら》を題材にウェブで連載してみないか？　うちも新しい読者を獲得したいし、鎌倉はいつも人気の観光地だし。いい感じに読者層が広がるかも」

「やった！」

ガッツポーズを作る悠人に、羽山は「着替えてくる」と言って階段を上がっていく。

実際には単行本が出ない限りは安定した収入にはならないが、作家としての露出があるのとないのとでは天と地の差だ。

「鎌倉が舞台か……」

それならば、もう少し地元ならではのネタを仕込みたい。このところ行動範囲が完全に固まってしまっていて、なかなか新規開拓ができていなかった。

となると、鎌倉でも浄妙寺《じょうみょうじ》や朝比奈《あさひな》などの東側か、茅ケ崎《ちがさき》方面の西側か。護良親王《もりよししんのう》が幽閉されていた鎌倉宮《かまくらぐう》や、花で有名な瑞泉寺《ずいせんじ》。その周辺までは歩いたことがあるが、あちらも見どころは数え切れない。

洗ったばかりの顔をタオルで拭きながら、悠人は考え込む。

「ごしゅじん」

ぽんたがひょこりと階段の下から顔を出し、悠人の様子を窺っている。

どうやら、声をかけそびれていたようだ。

「あ、なに？」

あれこれ計画を練るのが楽しくて、つい、立ったまま意識を飛ばしてしまった。

「たまには、ごしゅじんとでかけたいのです……」

「え？　あ、うん……そっか」

このところ、締め切りが続いていて、ぽんたを庭で遊ばせる日のほうが多かった。買い物も短時間で済ませたいので、留守番ばかりさせていたし。

掃除だって行き届いていなかったのを思い出し、申し訳なさが押し寄せてくる。

「おいやでございますか？」

遠慮がちなぽんたの言葉に、悠人は慌てて首を横に振る。

「まさか！　うん……そうだよね。和尚《おしょう》さんを知る旅、再開しようか」

「たびですか⁉」

途端に、ぽんたははっとくろぐろとした目を大きく見開いた。

「ごめん、言い過ぎた。散歩だね」

「はい、さんぽもかんげいです！」

ぽんたは深々と頷き、それから、ちょっとためらいがちに続けた。

「じつは……その、ぽんたは……さがしものが、あるのです」

探しもの？

おもちゃなどは欲しがらないし、おいしいものがあれば満足する。食欲以外は持たないぽんたにしては、珍しい発言だった。

「何を探しているの？　珍味とか？」

「そうではなく……それがなにかも、わからないので……」

もごもごとぽんたがつぶやいたので、考えがまとまるまでは追及しないほうがいいだろうと悠人は察した。

ぽんたがいるのなら、散策エリアは自宅周辺が無難だ。たいていは鶴岡八幡宮《つるがおかはちまんぐう》方面に向かうが、今日は違うルートを選ぼう。

「せっかくだから、駅に行ってみようか」

「えき、ですか？」

きょとんとしたぽんたに、悠人は「そうだよ」と笑みを浮かべる。

「うん、北鎌倉《きたかまくら》から横須賀《よこすか》線に乗ってみよう」

「ほほう！　でんしゃでございますね！」

ぽんたはにわかにはしゃいだ声を上げた。

大きめのバックパックを持っていけば、彼が動物の姿に戻っても収容できるし、買い物をするにも何かと便利だ。

そんなわけで、悠人は麦わら帽子をかぶったぽんたと二人で家を出発した。

「ぽんたは、建長寺《けんちょうじ》以外のお寺は知ってるの？」

「きたかまくらは、わたくしめのにわですよ。なんでもおききください」

ぽんたは口許に手を当て、くふふと笑う。

「そうなんだ？」

その割にはあっさりと迷子になって、小町谷に保護されたではないか——という意地悪な突っ込みは今は忘れよう。

「和尚さん以外の知り合いはいないの？」

「おぼえておりません……が、こうしょうじにいったことはあったかも……」

「こうしょうじ？　ええと、光照寺《こうしょうじ》……かな？」

とっさに字が思い浮かばなかったが、そういえば、そのような名前の寺が近くにあったような。

「しゃくなげでら、です」

「鎌倉五山には入ってないよね？」

答えられるか不明だったから、一応、指を折って確かめてみる。

鎌倉五山とは、建長寺、円覚寺《えんがくじ》、寿福寺《じゅうふくじ》、浄智寺《じょうちじ》、浄妙寺の五つの臨済宗の寺を示す。浄妙寺以外は、すべて北鎌倉に位置していた。

「ない……と、おもいます」

ぽんたはどこか自信なげだ。

「じゃあ、そこに行ってみよう」

ぽてぽてとそのまま歩いていくと、まずは、東慶寺《とうけいじ》に差しかかる。

「ここ、何があるんだろう」

「おはかがあります」

「まあ、それはお寺だし……」

「じょおうさまのおはかですよ」

「女王様《じょおう》……？」

女王様って、イギリスの女王陛下みたいなものか？　あるいは邪馬台国《やまたいこく》の女王卑弥呼《ひみこ》のような？

いやいや、もしかしたらただのニックネームかもしれないし……混乱から悠人は首を傾げる。これは、確かめたほうが早い。

「ちょっと行ってみようか」

「あまいもの、ありますか？」

「一休みするにはまだ早いよ」

検索をかけて下調べした限りでは、十三世紀に建てられた東慶寺はいわゆる駆け込み寺として有名だった。

そして、なぜかイエズス会の聖具を所有しているそうだ。何かネタになりそうだが、イエズス会と東慶寺をどう結びつければいいかわからない。

ミステリ作家だったら、もう少し上手く料理できる題材なのにと悠人はいささか悔しくなる。

入り口の案内板によると、ここには用堂女王《ようどうじょおう》の墓があるとか。女王は後醍醐《ごだいご》天皇の皇女で護良親王の姉だそうで、宮内庁の管轄する陵墓にあたる。

護良親王の墓は、彼が幽閉されていた鎌倉宮近くにある。姉弟が京都《きょうと》から離れた鎌倉の地で埋葬されるなんて、背後にはどういうドラマが隠されていたんだろう？

日本史は嫌いではなかったが、こういうとき、自分の勉強不足が残念でならなかった。

そんなことを考えながら、悠人はぽんたと県道に戻り、再び西を目指す。

「あれ、光照寺って通り過ぎちゃった？」

「まだです……たぶん」

「駅を行き過ぎちゃうけど……平気？　変身解けちゃわない？」

「へいき、でございます」

ふふん、とぽんたは胸を張った。

信号を目印に左折して細い道に入ると、ややあって、くだんの光照寺が見えてきた。

「ここはどんなお寺なの？」

「しゃくなげがきれいです。おんなのこがいました！」

「よく覚えているなんて、かわいい子だったんだね」

東慶寺と同じスタイルの案内板に目をやると、そこにはお寺のいわれが書かれていた。

階段を上がった山門の欄間にキリスト教の十字架を表す『クルス紋』が掲げられ、切支《きりし》丹《たん》がかくまわれていたという伝承もある——と。

寺が奥まった場所にあるせいか、境内に人気《ひとけ》はない。

本堂の周辺にはたくさんのしゃくなげが植えられ、『しゃくなげ寺』と呼ばれているというのは、ぽんたの情報どおりだ。

「あのこは、わたくしめがあそびにいくと、なでてくれました」

尼寺でもない寺に童女がいたなら、それはかくまわれた切支丹なのかもしれない。あるいは、ただの下働きか。

そこは、後世の人間にはかり知れないところだ。

「どうして、とつぜん、おもいだしたのか……わたくしめにもわかりませぬ」

「……うん」

記憶の蓋が開いたのか、ぽんたは目を閉じる。

「あのこになでられるのが、とてもすきだったのです」

「そっか」

目を開けたぽんたはそこで、瞬きをする。

そして、誰もいない境内をじっくりと見回した。

「和尚さんは、ここに来たのかな？」

「かもしれませぬ……でも、とくになにも……」

何も感じないのか、がっくりと肩を落とし、ぽんたはせつなげにしゃくなげのつやつやした葉っぱを見つめる。

「でも！」

突然、ぽんたが振り返って悠人を見上げた。

「いまのぽんたは、おしょうさまにはこだわりませぬ。こんどは、ごしゅじんたちと、いろいろみるので」

「え」

思ってもみなかった言葉に、悠人は目を丸くする。

「わかってきたのです。きっと、それが、あたらしいせかいです。そのなかに、おしょうさまがみせたかったものが、あるかもしれません」

「――うん。そうだよね。いつか、和尚さんがぽんたと何を見たかったのか……わかるといいね」

いつまでも子供のままに見えるぽんたも、少しずつ、成長しているのだ。

そう考えると愛おしいような何かが胸の奥からじわじわとこみ上げてくる。

「そういえば、あのこは……リンリンににていたきがします」

「そうなんだ……」

悠人は笑みを浮かべて、頷いた。

なんだか感動してしまって上手く言葉が出ない。ぽんたも境内をうろうろとしているので、少しのんびり過ごそうと思ったそのときだ。

「おなかが……おなかが、すきました……」

「ええっ」

お腹が空くと、ぽんたの変身は解けてしまう。おまけに、間の悪いことにほかの参拝者らしき話し声が聞こえてくる。

「待って、ちょっと……ええと、人のいないところまで待って！」

悠人は慌ててぽんたの腕を引っ張り、人気《ひとけ》のない場所を探したのだった。

さらに、翌日。

朝食を終えた悠人がぽんたに留守番を切り出すより先に、ぽんたがきらきらと光る目で告げた。

「きょうもおでかけをいたしましょう、ごしゅじん」

「うん」

本当は取材に出かけたかったが、昨日はぽんたの成長を見られてものすごく嬉しかった。

過去と現在を、ぽんたが繋いでくれている。

それはとても楽しく、悠人にとって刺激になっている。

「じゃあ、このコーヒーを飲んじゃうよ」

備前焼だろうか、茶色いカップに注いだコーヒーを飲んでいると、ぽんたは「はい」と首肯した。

ちなみに、羽山は校了作業が重なってしまっているらしく、部屋に閉じ籠もったままほとんど出てこない。

コーヒーを飲み干して身支度を整えると、玄関の床にぽんたが座り込んでいた。

足をぶらぶらさせていたぽんたは、悠人の気配に振り返る。

「おまちもうしておりました！」

「お待たせ」

悠人がスニーカーを履こうとすると、ささっと靴べらを出してくれる。

リンリンとロンロンの姿は見当たらないので、どこかへ遊びに行っているのだろう。

玄関のドアを閉めると、二人はいつものように出発した。

「どちらへむかいますか？」

「琥珀《こはく》のところ」

「こはくの？　なにゆえに？」

ぽんたは不思議そうだ。

「いろいろ詳しそうだから、ネタを提供してもらえないかと……」

あやかしに頼るのもどうかと思ったが、そういうのは大事なはずだ。

巨福呂坂《こぶくろざか》の洞門《どうもん》に入るときはぽんたはひやっと何度も首を竦めたが、以前よりも、トラックや自動車に慣れたらしい。

悠人はあえて立ち止まらずに、一気にトンネルを通過した。

そこから、神奈川県立近代美術館鎌倉別館《かながわけんりつきんだいびじゅつかんかまくらべっかん》の前を通り過ぎると、鶴岡八幡宮の鬱蒼とした木々が近くに見えてくる。

今日は八幡様に立ち寄らず、真っ直ぐに志一稲荷《しいちいなり》に向かった。

とはいえ、ぽんたは石段を上がるのに四苦八苦していて、はあはあと息を切らしていたが。

「お水、飲む？」

「ありがたいのです……」

石段に座ったぽんたは悠人のバックパックから出した水筒の水をごくごくと飲み干し、ぷはあっと息を吐き出す。そのあたりは、幼児なのに妙におやじくさい。

冷凍のカットおあげでいいだろうかと一抹の申し訳なさを抱きつつ、悠人は志一稲荷で手を合わせ、小さな賽銭箱に百円玉を入れた。

「琥珀。琥珀、いる？」

閉じられた祠に向けてこそっと声をかけてみたが、返事はない。

しばらくそこで待っていたが、ぽんたは飽きてしまったように欠伸をする。

だめだ。反応がない。

「留守みたいだ……まいったな」

「このうらにはなにがあるのですか？」

「いろいろなおうちが建ってたよ」

悠人が答えると、目を閉じたぽんたはひくひくと鼻を蠢かした。

「こはくのにおいが、します」

「え、人型でも匂いがわかるの？」

「なんとなくですが……」

「行ってみよう」

ぽんたと悠人が琥珀を探して住宅地に足を踏み入れると、セーラー服の少女が向こうから歩いてくる。

会釈して避けようとした悠人は、目を逸らしかけて慌てて彼女の顔を二度見る。

そして、三度見。

「琥珀！」

衝撃のあまり、声が上ずる。

「な、なに。驚くじゃないの、いきなり」

自分の右耳を引っ張り、琥珀は顔をしかめた。

「だって、セーラー服って初めてだし……」

「着物だと動きにくいときもあるの。目立つし」

ふん、と琥珀はそっぽを向いた。

「似合ってるよ」

「あら、ありがとう」

そう返答しつつも、彼女の視線はうろうろと四方をさまよっている。

いつも悠然とした琥珀なのに、今日に限ってなぜか落ち着きがない。

「でも、動きにくいってどうして？　素早く動きたいなら、狐に戻るのはだめなの？」

志一稲荷の狐は、鎌倉の動物たちからは尊敬される存在だと聞いている。

鎌倉では狐が珍しいから、捕獲されちゃうとか？　あるいは、いじめられちゃうとか？

「だめじゃないけど」

「何か事情があるなら、手伝うよ」

「見回りしてるだけよ。一人でできるわ」

素っ気ない断りの台詞だが、内容はびっくりしてしまう。

「このあたりの人たち、上人《しょうにん》様の祠を手入れしてくれてるの。そのお礼に、泥棒とかが入らないように気をつけているのよ。場所柄、あまり悪い輩は入り込まないけど、火事なんてあると大変だもの」

琥珀の言葉に、ぽんたと悠人は感心する。

琥珀が祠にいないときは、見回りをしているのかもしれない。

ぽつり。

頭の天辺に何かが当たり、ぽんたと悠人は相次いで頭上を見上げる。

雨だ。

「雨だよ」

通り雨だと思うが雨粒は大きく、首や腕に当たると痛いくらいだ。

「ええ……あ！」

何に気づいたのか、彼女は短く声を上げると、いきなり走りだす。

「琥珀⁉」

琥珀は止まらなかったので、悠人は急いで追いかける。

「ごしゅじん～！」

背後から、ぽんたがとてとてと追ってくるのがわかった。

彼女が向かった先は、一軒の民家だ。その軒下では、洗濯物が干されている。

琥珀は焦った調子でインターフォンを鳴らすが、反応はなかった。

この雨では、せっかく乾いた洗濯物が濡れてしまう。

見たところTシャツ数枚にハンカチや下着類でさして量は多くなかったが、住人が帰ってきたらがっかりするだろう。

自分だったら間違いなく、天気予報を見なかった己《おのれ》に悪態をついているはずだ。

「仕方ないわね」

つぶやいた琥珀が、ぴょんと跳んだ。

え？

次の瞬間、生け垣を乗り越えた琥珀は狐に変わっていた。つやつやの毛並みの狐は、ハンカチの端を引っ張っている。

手伝いたいのはやまやまだったが、悠人が真似をすればさすがに不法侵入者だ。

そして、ぽんたには肝心のジャンプ力がない。

悠人にも何かできないかとおろおろしているうちに仕事を終え、元のセーラー服姿の琥珀が戻ってきた。

「お待たせ」

「大丈夫？　勝手に取り込んだりして、おうちの人が気味悪く思うんじゃない？」

「狐の毛がついてるでしょ？　わかってるはずよ」

「ああ……そうか……」

このあたりの人たちは、志一稲荷の狐の仕業《しわざ》だと知っているのだろう。だから、琥珀もこうして振る舞っているのだと気づいた。

「じゃあ、私、もうちょっと見てくるから」

「うん、お疲れ様」

悠人が労いの言葉を告げると、琥珀は微かに頬を染める。

ごにょごにょと何かを言いかけたが、結局、琥珀は「またね」と言い残して歩き去った。

凛《りん》とした姿は、いかにも琥珀らしい。

「ごしゅじん、ようじはせんたくものですか？」

「あっ」

しまった。琥珀にネタについて尋ねるつもりだったが、すっかり忘れていた。勝手に取り込まれている洗濯物の怪――とか、書いたら怒られてしまうだろうか。

「こはくは、すごいのです」

ぽんたは目をまん丸にしている。

「そうだね」

「いいなあ……」

ぽつりとぽんたがつぶやいたので、悠人は首を傾げた。忙しそうに動き回っているのは、ぽんたにとって『働く大人』のように見えて、格好いいのだろうか？

「狸より、狐が羨ましい？」

どう聞けば答えに辿り着けるかわからなかったので、まずは、変化球で攻めてみる。

「いえ、ぽんたの、ここがもぞもぞします」

ぽんたは胸のあたりを押さえて、それから、そこをぎゅっと掴んだ。

Tシャツに大きな皺が寄る。

「もぞもぞ？」

「わたくしめも、なにかしたいのかも……」

なぜか、非常に歯切れが悪い。

「何かって、ぽんたがしたいのはいいことじゃないの？」

「ううむ……」

やはり、歯切れが悪い。

ぽんたの原動力は、常に『いいこと』のはずだ。

和尚様に再会して謝るための、大切な積み重ね。それを手伝うのが、悠人の幸せでもある。

「こうやってぽんたと歩き回るのも、僕には取材になってる。これはいいことだと思うな」

「しゅざい？」

「うん。ぽんたといろいろなものを見て、新しい発見をしてるんだ」

発見、という言葉に合点がいかなかったようで、ぽんたはしばらくぶつぶつとつぶやいていた。

「それは、ごじゅじんのやくにたちますか？」

「役に立つのもいいけど、楽しいよ。ぽんたと一緒にいるのは」

悠人は、有益だからぽんたといたいわけではない。だが、ぽんたと一緒にいるのが面白い。心が浮き立つからだ。

「ふうむ……」

それでもぽんたは納得していない様子だった。

「今でも十分役に立ってるけどなあ……だったら、明日、お手伝いしてくれる？」

「はい」

きゅるるるるるる。

ぽんたの腹の虫が盛大に鳴きだしたのに気づき、悠人ははっと顔を上げた。

「帰ろうか！」

「はい……」

釈然としない様子だったが、ぽんたは変身を解くために近くの茂みに駆け込んだ。

3

「ごしゅじん！　なにをてつだえばいいですか⁉」

昨日の琥珀の行動は、ぽんたの心に火を点けてしまったようだ。

朝食後、対面での打ち合わせがある羽山を会社に送り出し、ぽんたは張り切って悠人の顔を見上げる。

「やぬしどのもいないいま、わたくしめをたよってくださいませ！」

声が弾み、ぽんたが生き生きとしているのが伝わってくる。

空元気かもしれないが、ぽんたがはつらつとしているのは喜ばしい。

とはいえ、すぐにはぽんたにできるような作業が思い浮かばないのがつらいところだ。

「ええと、じゃあ……夕方になったら洗濯物を入れてくれる？」

「いまは、ないのですか？」

「うーん、さすがに今は……」

「わかったのです」

ぽんたが頷いたので、「少し遊んでおいで」と声をかけ、悠人は二階に向かった。

部屋でまずはメールをチェックしていると、階下から鈍い音が聞こえてきた。

「あーれー‼」

おまけに、ぽんたの悲鳴らしき謎の声が。

「ぽんた⁉」

悠人が階段を駆け下りていくと、朝食で使ったパン皿が三枚、床に落ちていた。残念ながら、三枚とも割れてしまっている。

食器を手洗いしたあとに乾かしていたのだが、ぽんたは気を利かせてそれをしまおうと思ったようだ。

「やってしまったのです……」

ぽんたがしょんぼりとうなだれ、床に散らばった破片を拾おうと手を伸ばす。

「待って」

急いで悠人は手を差し伸べ、ぽんたを押し留めた。

「ふえっ⁉」

「それは僕がやるから、ぽんたは掃除機を持ってきてくれる？」

「はいなのです……」

ガラスでなくて、よかった。厚手の瀬戸物なので、破片はそこまで細かくはない。

「よいしょ、よいしょ……うわあっ」

かけ声とともに古びた掃除機を引っ張ってきたぽんたが、敷居に引っかかって思いっきり転んだ。

掃除機がごろごろと嫌な音を立てて、食卓にぶつかる。

ごとんという衝撃音。

「だいじょ……」

「あああああっ!!」

ぽんたの悲鳴が食堂に響き渡る。

もし羽山が二階にいたら、そこまで聞こえていて、飛び上がって驚いたことだろう。

「な、なに?」

「しょうゆが～」

そちらを見ると、しょうゆ差しが床にごろりと転がり、茶色い液体がまるで染みのように広がっていく。あたりにしょうゆの馨《かぐわ》しい匂いが立ち込める。

しょうゆの池、か。

呆然と眺めている場合では、ない。

慌ててしょうゆ差しを拾い、悠人はため息をつく。

「もうしわけございませぬ……」

「いいんだよ。ぽんたに掃除機を持ってきてって頼んだのは僕だし。ぽんたの体格を考えなかったのが悪い」

「うう」

ぽんたはいじいじと自分のTシャツの裾を引っ張っている。

「ここは僕がやっておくから、ぽんたは遊んでおいで。ね？」

「――でも……」

「いいから。今日はもう、お手伝いはしなくていいよ」

悠人が少しばかり強く言うと、ぽんたはさすがに自分が邪魔をしているのだと悟ったようだ。

「……はい、なのです」

ぽんたはしっぽをだらりと垂らし、くるりと振り返る。

かわいそうだが、ぽんたは何も手出ししないほうが有り難い……では、なくて。

「まっ」

「まっ？」

待って、と言いたかったが時既に遅し。

ぽんたのしっぽが、たっぷりのしょうゆを撫でたのだ。

「うう……ぬれたのです……」

「遊びに行く前に、シャワーを浴びようか。風呂場でちょっと待っててね」

「はい……」

ぽんたはしおしおと、力なく俯いた。


「むー……むー……」

外から唸り声がする。

パソコンに向かって『狐の毛の怪』のプロットを練っていた悠人は、はっと顔を上げる。

何の声だろう。

二階の窓から庭を見下ろした悠人は、自分の顔から血の気が引くのがわかった。

人型（耳としっぽは出ているが）のぽんたが、洗濯物に手を伸ばしているのだ。

「ぽんたっ」

慌てて階段を駆け下りたせいで、最後の二段を抜かしてしまう。

どんっと着地し、じんじんとした痛みが全身に響いた。

「いてて……ぽんたっ」

ばたばたと縁側に走っていくと、ぽんたが洗濯ばさみで止められたソックスを掴んだところだった。

ちびっこの体格では、かなりぎりぎりを攻めている。

「ぽんた、だめだよ！」

「これくらい、できるのです！」

「待って！」

ぽんたが引っ張っているのは、羽山のお気に入りのソックスの片一方だ。

「やるのです！」

ここで無理に制止しては、この先のぽんたが畏縮《いしゅく》しかねない。

ぽんたなりに頑張ってくれているんだ。

だけど、でも……洗濯ばさみは意外としっかりと働いており、靴下が離れない。

こちらとしては、板挟みだ。

「とれました！」

誇らしげにぽんたがくわえた靴下は、びよんと伸びて不格好になってしまっている。

「ありがとう、ぽんた」

礼を言いつつ受け取った悠人は逆方向に伸ばして再生させようと試したが、靴下は片方だけがサイズが大きくなってしまっている。

これはアイロンをかけても、元には戻らないだろう。

「あとは僕が入れておくから、休んでいていいよ」

「むう……」

ぽんたはどこか不満そうだ。

「どうしたの？」

「なにやら、しゃくぜんとしないのです」

「そ、そうかな？　一生懸命手伝ってくれたし、結果はどうあれ、ぽんたはいいことをたくさんしてくれたよ？」

多少苦しかったが、誰にでも失敗はある。ぽんたを責めるのはお門違いだ。

「ですが……それでも、ちがうのです」

ぽんたはふるふると首を振った。

「役に立ちたいんじゃなくて？」

「それとは、すこしちがう……」

「何が？」

いったい何がぽんたを悩ませているのか、悠人には理解できなかった。

「わかったのです！」

唐突に、ぽんたが声を上げた。

「えっ？」

「ぽんたは、あれをつくりたいのです」

そういうぽんたの指の先には、小町谷が作ってくれたハンモックがあった。

枝と枝に結ばれ、ゆったりと風に揺れている。ときどき、フレーム部分の木材が木の幹にぶつかって爽やかな音を立てる。

「あれは……ぽんたには難しいんじゃないかなあ」

「あれがいいです」

頑《かたく》なに、ぽんたは言い切った。

「らちからかいほうされたあと、リンリンはとまとをとってくれました。わたくしめは、なにもかえせていないのです」

「君が帰ってきたのが嬉しかったんだから、それでちゃらじゃない？」

ぽんたは首を横に振る。

「それでは、もらってばかりです」

「………」

「ぽんたは……じぶんのちからで、リンリンをよろこばせたいです。リンリンがよろこべば、ロンロンもうれしい。そうしたら、ごしゅじんたちも、きっとうれしい……」

「……そうだね」

ぽんたの言いたいことが、ようやく伝わってきた。

ぽんたが望んでいるのは、とてもシンプルで、かつ、普遍《ふへん》的なことだ。

誰かに喜びを与えたいという気持ち。

誰かから受け取るだけではなく、誰かに与えたい。

それは、他者を思いやることにつながっていく、あたたかく素敵なものだ。それにぽんたが自力で辿り着いてくれたのであれば、その気持ちを尊重したかった。


小町谷の家は、羽山の家から歩いて十分ほどのところにあった。

羽山はうろ覚えだったらしく地図に書いてくれたが、なんとか見つけられてほっとする。

広い庭と、古民家ふうの木造建築は羽山の家よりもずっと古めかしい。

インターフォンを鳴らすと、すぐに色の抜けた作務衣《さむえ》を着た小町谷が出てきた。

「いらっしゃい」

「すみません、今日はお世話になります」

「ううん、いいよ」

案内された小町谷の部屋は、サンルームを改造したアトリエだった。生活臭はなく、棚には金属製のアクセサリーが並んでいる。

小町谷は机の前に子供用の椅子を準備しており、そこにぽんたを座らせる。作業台となるテーブルは、マクラメが何種類かと棒やはさみなどの道具が並んでいた。

「三浦さんも見学してく？」

「あ……はい。ネタになれぱと」

「ネタになるようなことはないと思うけど……」

小町谷は笑うと、テーブルに置いてあった猫の写真が載った本を差し出した。

どうやら、それが小町谷にとっての参考書のようだ。

「今日はこれを作ろうか」

彼はふせんを貼った箇所を開いた。

「ふおお……これを、わたくしめが……！」

ページに見入り、ぽんたは目を輝かせる。悠人も彼らの上から覗き込むと、シンプルな四本のロープでクッションを支える構造のハンモックだ。

「で、ここが作り方」

見た目はそうだし、これならできそうだ。

「えっ」

作り方のページは、丁寧に解説が書かれていた。

しかし、見るからに細かい。マクラメ作りに慣れた人になら問題はないかもしれないが、小町谷のアシストがあるとはいえ、四歳児くらいのぽんたにできるだろうか？

「三浦さんは、そこに座ってて。飲み物は冷蔵庫にあるの、適当に」

「あ、僕たちのぶんは持ってきました」

「そっか」

小町谷はすぐにぽんたに向き直り、用意してあったマクラメを手に取った。

「まずこれでフックの部分を作ろう。ひもをより合わせるよ」

「はい！」

ぽんたは元気よく返事をする。

「最初は、ひもを必要な長さだけ切ろう。何センチだったかな」

「せんち、とはなんですか？」

「………………」

思わず、小町谷が黙り込む。

「よし、俺が切るから本数を数えてもらおうか。いくつまで数えられる？」

「いち、に、さん、いっぱいなのです！」

ぽんたは高らかに答えた。

「そうか……うーん、そこまではやっておけばよかったな」

さすがの小町谷も手こずっているらしいが、それでも、朗《ほが》らかさは消えていない。

「じゃ、肩慣らしに練習しよう」

「はい！」

「ぽんたくんはちょうちょ結びはできる？」

「ちょうちょ……？」

ぽんたは人差し指で、８の字を書く。どうやら、彼なりに蝶を描いているようだ。

「できないと思います」

悠人が口を挟むと、「片結びからやってみよう」と小町谷が提案してきた。

そうか……確かに、最低限の技術は必要だ。

言われてみれば、ぽんたにはそういう基本的なことをちっとも教えていなかった。

これが世間一般の親御さんなら、そのあたりはぬかりないはずだ。

ぽんたがいつか野性に帰るかもしれないとはいえ、半分は人のかたちをしているなら、あまりにも無責任だったのではないか。

保護者としての、自覚が足りなかったのだ。

悠人はしゅんとしてしまう。

「はんもっくはつくらないのですか？」

「何ごとも、まずは基本から。ひもを結べないとね」

「はい！」

片結びを覚えたあとは、今度はちょうちょ結び。

けれども、これもなかなか一筋縄ではいかない。そもそも、野生の動物はあまり細やかに指を使わない。ぽんたも土いじりや食事でカトラリーを使うくらいで、ペンを持ったりはしない。

今からでも、遅くないだろうか。

いろいろ思案しつつ見守っているうちに、一時間以上が経過していた。

「そこをつまんで、通して……」

小町谷の声は、最初の頃とほとんどトーンが変わっていない。だが、ぽんたは明白に疲れているようで、耳としっぽが飛び出している。

「むずかしいのです……わたくしめには、むりなのです……」

ちょうちょ結びができず、ぽんたは既に涙目になっている。

「大丈夫だよ。ぽんたくんにもできること、だいたいわかってきたから」

「でも」

「俺もはじめは、全然上手くできなかったよ。アクセサリーを作りたいのに、思ったとおりに手が動かない。三浦さんもそうじゃない？」

突然、話を振られて悠人は顔を上げた。

「僕？　……僕は今でも、そうです。小説を書くにも、思いどおりの言葉が出てこなくて」

「おとなでも、そうなのですか？」

ぽんたは目を丸くする。

「うん」

「そういうもんだよ。訓練すればできるものもあるけど、そもそも向き不向きっていうのもあるし。だから、ぽんたくんが得意なことを見つけるために、まずは練習をしてるんだ」

「はい！」

途端にぽんたは元気になる。

「すごいな、小町谷さんは……」

悠人は息をついた。

「怒ったり、腹を立てたりってないんですか？」

「え、あるよ」

麦茶らしき液体を注いだグラスを口に運び、小町谷はけろっと答える。

「悟り開いているわけじゃないし、当然、波はあるよ」

「人当たりがマイルドだし、そうは見えないですけど」

「それは、隠すのが上手いだけ。うちは客商売だから、どんなに腹が立っても怒れないこともあるし」

「ああ……」

すごく説得力のある一言だった。

「ときどきアクセサリーの受注生産をしてるから、理不尽なことにもぶつかるんだ。届いたときにはもういらなくなったからって、受け取り拒否されたり」

「そんなひどい人いるんだ……」

信じられない言葉を聞かされ、悠人はつぶやく。

「そういうときは、そこはうちの子が行くべき場所じゃなかったんだって、思うようにしてる。誰もが自分の居場所を探してて、アクセサリーもおんなじ。それが噛み合わなかっただけなんだって。不思議と、そんな子たちも行き先がすぐに決まったりするんだよね」

相変わらず、彼はやわらかく掴みどころがない。

けれども、その言葉には嘘がないような気がするのだ。

「ぽんたもですか？」

不意にぽんたが尋ねたので、二人で彼の顔を見つめてしまう。

「ぽんたのいばしょは……ここ……だったんでしょうか？」

「え？　俺のアトリエ？　うちで暮らす？」

さすがの小町谷も、ぽんたの発言には困惑している。ぽんたはひもを握り締め、ふるふると首を振った。

「そうではなくて、ごしゅじんのおうちです～！」

このままでは小町谷家の子供になってしまうと思ったのか、ぽんたが慌てて否定する。

「あ、そっちか。残念だなあ」

小町谷はさして残念でもなさそうな口ぶりだった。

「おうちは、いごこちがよろしいのです。ならば、わたくしめのいばしょなのでしょうか⁉」

「うん、そこがぽんたくんの居場所じゃないかな？」

あっさりと肯定されて、ぽんたはふむふむと相槌を打ちながら、ひもを指に巻きつけている。

「きれいでも、おなかがくちくても、さびしいところでくらしていました。だけど、ぽんたは……いまは、さびしくない……」

ぽんたはついにきりっとした様子で面を上げた。

「そうですね。おうちがいばしょ、です！」

「なるほど」

小町谷は納得顔で頷いて、ぽんたの頭を優しく撫でた。

「すごいな、そんな大切なことをその歳で悟るとは」

さらっとした口調だが、裏ではしっかりとぽんたを褒めてくれている。

それがきっと、小町谷の優しさなのだろう。

「えっへん。わたくしめは、できるたぬきなのです！」

ぽんたが胸を張ったが、次の瞬間にははっと顔を強張らせた。

「どうしたの？」

「でも……でも、わたくしにはリンリンをよろこばせるのはできないのです……」

そうだった。

ぽんたは、今、肝心なミッションに失敗しそうになっているのだ。

「平気だよ。締めるのは早すぎる。今から教えるから、練習しよう」

「なにを、ですか？」

首を傾げるぽんたに対し、小町谷は「いいこと」と悪戯っぽくにやりと笑った。

4

「ここは、こうやって書いて」

悠人が自分の作った見本を示すと、ぽんたは食い入るようにそれを見つめている。

「ふうむ、『お』ですね」

「うん」

真っ白なコピー用紙を何枚も床に広げ、その場にひざまずいたぽんたは一生懸命に手本を真似ている。

悠人も彼の前に座り込み、「そこは真っ直ぐ」などの指示出しに徹していた。

書いているのは、『おれいのうたげ』。

ぽんたが皆に対して何かをしたいという気持ちをかたちとして表すため、祝宴を開こうと決めた。

それが今日だった。

なんだかんだで皆で集まりたいだけなのかもしれないが、ぽんたが彼にとって大事な何かを悟ったのならばそれはお祝いを開くに値《あたい》する。

「めにうは、なにになりますか？」

「おいしいもの」

「おいしいもの⁉」

悠人の即答に、ぽんたの目がきらりと輝く。

「ですが、ごしゅじんのごはんはいつもおいしいのです」

「その中でも、特別なお祝いの料理だよ。ここぞってときに作る、豪華な料理」

「ほほう……そういえば、よいかおりがしています。くりすますけえきやおせちみたいなものでございますか？」

「うん。今回はローストチキン」

ローストチキンは完成まで時間がかかるので、既にオーブンで焼き始めている。

「ろおすと、ちきん」

覚束ない発音でぽんたは繰り返し、むうっと考え込む。

「ちきんはおぼえたのです。とりのにくでございますね？」

「大正解。鶏の丸焼きだよ」

じつは初めて挑戦するメニューだが、オーブンがあるので、ローストチキンはさして難しくはない――はずだ。

「ま、まるやき⁉」

途端に、ふごっとぽんたが鼻息を荒くした。

「つまり……つまり、まるまるいちわでございますか⁉」

「そうだよ。お祝いの定番だからね」

「そのようなぜいたくが、たぬきのみに、ゆるされるのでありましょうか……」

ぷるぷるとぽんたは震えている。

「許されないと思う？」

「む」

悠人が尋ねると、ぽんたはどう答えたものかと言いたげに眉をひそめている。

「ぽんたが皆を喜ばせたいと思って開く宴だもん。許されるよ」

「そう……そうでございますか！」

ぽんたの表情が一変し、明るいものになった。

「ええと、ほかになにかかきますか？」

「なら、みんなの座席の名前を頼むよ」

「なまえをかくですね。ええと……いち、に、さん、いっぱい……」

ぽんたが指を折って名前と人数を数え始めるが、途中で頭を抱えてしまう。

「数えないで、書いちゃったほうが、早いよ」

悠人、羽山、リンリンとロンロン、琥珀、船岡《ふなおか》、そして小町谷。

それぞれの名前を、ぽんたはひらがなでカラフルに書いた。

「これ、飾っておくね」

「わたくしめも……」

と言い止《さ》して、ぽんたは自分の先日の失敗について思いついたようだ。

「ぽんたは、これ作ってくれたから十分だよ。あとは、フォークやナイフを並べるのを手伝ってくれる?」

「はい、もうむりはいたしませぬ」

さすがに前回の失敗に懲《こ》りたらしく、ぽんたは背伸びはやめたようだ。

「じゃあ、僕も、そろそろ残りを料理しないと」

「ええ、わたくしめはリンリンにようがありますので!」

「うん」

ぽんたが庭に走っていったので、悠人は冷蔵庫を開けた。

メインのローストチキンだけでは味気ないので、じゃがいもを揚げるつもりだった。簡単なサラダも作る予定だけど、しつこいかもしれない。

考え始めたところで、インターフォンが鳴らされた。

外に出ていくと、隣家の老人が申し訳なさそうな面持ちで門の前に立っている。

手に銀色のボウルを持っているので、何かくれるのだろうか。

「こんにちは」

「急にすみません、じつはこれ、知り合いにたくさんもらってしまって……」

金属製のボウルに入っていたのは、長さが二十センチくらいのいかにも新鮮そうな魚が五尾。

「これ、何ですか？」

「いしもち。今朝釣れたてで、活け締めしたからおいしいって言われたんだけどねえ、うちは二人なのに量が多くて」

「あ、じゃあ、有り難くいただきます！　今日、ちょうど友達と集まるんです」

「それはよかった」

「あとでボウル返しに伺いますね」

礼を述べて老人と別れた悠人は、足早に屋内に戻った。いしもちのボウルを冷蔵庫に入れ、スマホで検索をかけてみる。

いしもちは足が早いので、釣ったばかりなら生が一番美味という重要な情報が見つかった。活け締めにしてくれたのは有り難い。

「よし」

ならば、料理は決まった。カルパッチョだ。

サンダルを突っかけて一度畑に出ると、青々としたイタリアンパセリを追加で収穫した。

ちなみに、ここで育てているローズマリーはローストチキンの腹の中に収まっている。

足が早いという情報が気になるので、まずはカルパッチョのためにいしもちを三枚に下ろす。頭や骨の部分はどうせアラ汁を作るので、ぜいたくに大名《だいみょう》下ろしにした。

いしもちを薄くスライスし、大皿に円形に盛りつけてみた。その上にイタリアンパセリと四分の一に切ったミニトマトを散らし、彩りにする。

カルパッチョの味つけとして、オリーブオイルと酢、隠し味にみりんを混ぜたものを回しかけた。ふわりとオリーブオイルの香りが漂い、鼻孔をくすぐる。さらに塩こしょうで味を調え、完成。

おっと、味見を忘れていた。一口、ぱくりと食べてみる。

「お刺身おいしいなあ……」

思わずつぶやくほどに、いしもちはさっぱりとして上品な味わいだ。白身魚のいいところが出ている。

カルパッチョはある程度冷えていたほうが美味なので、時間まではラップをかけて冷蔵庫にしまい込んだ。

次はローストチキンの様子を見る。

クリスマスの定番だが、去年はまるごと一羽に取り組む勇気がなく、もも肉を人数分焼いた。だけど、今日は違う。レシピはシンプルだが妥協はしない。足を結ぶと火が通りにくいそうなので、少しだらしないが結ばずに焼き始めたので、完全に開脚している。

中に詰めものをするのが定番だが、やはり、加熱の不安があるのでハーブだけを詰めた。

台所には、いい匂いが漂っている。

これならぽんただけでなく、大人組も満足してくれるに違いない。

もうすぐ、五時。

皆が集まってくる時間だ。

ドアホンのベルが鳴り、玄関の戸がからりと開いた。

「船岡です」

玄関から、船岡が声を張り上げるのがわかった。

「勝手に上がってもらえる?」

「はい」

ややあって、船岡が食堂に入ってきた。手には『レ・ザンジュ』の茶色い紙袋を持っている。

「ケーキ、買ってきました」

「ありがとう‼」

クラシカルで趣《おもむき》溢れる内装で知られるレ・ザンジュは、鎌倉でも有名店の一つだ。かつては『欧林洞《おうりんどう》』という素敵な洋菓子店も巨福呂坂近くにあったが、ひっそりと閉店してしまったのだ。

「冷蔵庫に入れておきますね。何か手伝いますか？」

「だいたいできてるから、大丈夫」

悠人が答えると、船岡は身の置き所がなさそうにあたりを見回す。

「皆さんは？」

皆さん、というのは、ぽんたやリンリン、ロンロンたちのことだろう。

「まだこっちに来てないんだよね。庭で遊んでると思う。もう少ししたら、呼んできてもらえるかな？」

「はい」

それでも、船岡はちらちらと悠人を見ていて何かをやりたそうだ。彼は意外と料理が上手なので、気になるのだろう。

「今日は何ですか？」

「ローストチキンだよ」

「それはいいですね、パーティにはぴったりだ」

船岡はにっこりと笑った。

「こんばんは〜」

ドアホンも鳴らさずに、朗らかに台所に入ってきたのは小町谷だった。

「――この人は……キリンか何かですか？」

船岡は、小町谷の明るい金髪と長身からそう連想したようだ。だが、さすがにその想像は間違えている。

「いくら鎌倉でも、野生のキリンはいないよ」

「あ、すみません！　この家、人口の半分が動物なんで……」

申し訳なさそうに、船岡ががばっと頭を下げた。

「あ、小町谷です」

「船岡です」

「お土産、これ。ささやかだけど」

自己紹介のあとに悠人に向き直り、小町谷が差し出したのは、四角いパックが二つ。

「うわ、生しらす⁉　ありがとうございます」

「どういたしまして。何か手伝う？」

切り替えが早い小町谷は、もう、いつでもアシストできると言いたげな態勢だ。

「じゃあ、テーブルにお皿とか出してくれますか？　本当はぽんたに頼んだんだけど、まだ戻ってないから……」

「わかった。船岡さんもよかったら手伝ってくれる？」

「はい」

船岡が手持ちぶさたにしているのをすぐに見抜き、悠人に代わって小町谷はてきぱきと仕事を割り振った。

「今作ってるの、サラダですよね」

「うん。メインはローストチキンで、あとはカルパッチョとサラダ。ケーキは船岡さんが買ってきてくれたやつで、飲み物はビール。子供たちにはリンゴジュース」

「サラダより軽い感じの、さくっとつまめる箸休めが欲しいですね」

「箸休め」

そう言われてみれば、フライドポテトをやめたことで、少しバランスが悪いかもしれない。

「あ、大根がありますね。だったら、これをさっきのしらすと和《あ》えればサラダとはバッティングしないと思う」

「頼んでいい？」

「はい」

船岡は大根を取って、手際よく皮を剥き始める。

「俺、ぽんたくんを見てくるよ」

「お願いします」

小町谷は料理はあまり得意ではないらしく、ひととおりテーブルセッティングを終えると庭に出ていった。

ややあって、羽山が「ただいま」と顔を出す。ようやく校了したというメッセージが少し前にSNSに入っていて、挨拶する口ぶりも軽い。

「ごめんごめん、遅くなっちゃった」

「仕事なんだから、仕方ないよ。お疲れ」

「何がいいかわかんないから、フォカッチャ買ってきたよ」

「ばっちりだよ、ありがとう」

これで主食から副菜まで全部揃った。

船岡が手際よく作ってくれたのは、大根としらすのサラダ。これにかいわれ大根を混ぜ、彩りも爽やかだ。

肝はオリーブオイルをさっとかけること。そのうえで、レモンをきゅっと搾る。細切りにした大根を水にさらしているので、見た目もしゃきしゃきでおいしそうだ。

「行くぞ……」

一番火が通りにくい、ももの部分に竹串を深々と刺すと、じわっと透明な汁が溢れ出す。

「よし、焼けてる」

もし焼けてなかったらレンジで加熱すればいいが、やはり、一発で完成したほうが気持ちがいい。

「きれいに焼けてて、旨そうですね」

「ありがとう」

褒められると、素直に嬉しい。悠人は慎重に、シンプルな白い皿に付け合わせのたまねぎと一緒に盛りつけた。

チキンのわずかに焦げた匂いが鼻腔をくすぐり、食欲をそそる。

「カルパッチョ、出しますよ」

「お願い」

そんなやり取りをしてテーブルセッティングが終わったタイミングで、ぽんたが現れた。

「おいわいをはじめるのですか⁉」

「うん、お待たせ」

「ごしゅじん、ありがとうなのです」

「どういたしまして……わあ！」

思わず悠人が声を上げたのは、飛び込んできたリンリンの髪が三つ編みになっていたからだ。おまけに、髪にはピンクのガーベラの造花が飾られている。

「かわいいよ、リンリン」

「ぽんたがやってくれたの。おはなは、おしょうさん」

リンリンは照れて真っ赤に頬を染めながらも、そう教えてくれた。

「ぽんた、上手だね」

「へへへ」

ぽんたはどこか誇らしげだ。

このあいだ、小町谷のところで教わったのは、ずばり三つ編みだった。ぽんたにはハンモックを編むのはまだ早いと悟った小町谷は、ぽんたにもできるリンリンへのプレゼントを考案してくれたのだ。

「………」

むっつりとした顔でやって来たロンロンの髪もまた、三つ編みになっている。

「ロンロンも編んだの？」

「おそろいなの！」

どうやら、リンリンのリクエストのようだ。

リンリンが嬉しそうに言うと、ロンロンは無言のままそっぽを向く。似合っているといえば似合っているが、ロンロンは恥ずかしいのだろう。

「あら、素敵じゃない」

琥珀の声だった。

「‼」

真後ろに立たれたロンロンは、驚いたらしく飛び上がる。

琥珀は今日は茜色の着物を着ており、どこかあたたかみのある秋の色だ。かんざしがきらきら光っていて、きちんと髪を結っているのがわかった。

「みんな、席に着いて」

「はーい」

ぽんたが座席カードを作ってくれたので、それに倣ってみんなで席についた。

ぽんた、小町谷、リンリン、羽山、ロンロン、船岡、琥珀、悠人という並びだ。正直窮屈だったが、ぽんたが決めたことだから、致し方がない。

「で、今日は何の集まりなんだっけ？」

羽山が尋ねると、ぽんたは「はい」と椅子の上に立った。

「ぽんたがししょうにらちされたときに、みなさんにとてもめいわくをかけました」

「拉致……」

小町谷がつぶやく。

「ら、拉致したんですか⁉　子供を⁉」

さすがにそれはどうだろうと言いたげに、船岡は目を瞠っている。

「いや、それはたまたま」

「ちびっこなのに……？」

「いや、狸を……」

「狸を飼育するのはだめなんじゃ？」

「それはいいのです」

船岡と小町谷が言い合うのを、ぽんたはあっさりとまとめる。

「あ、はい」

「わたくしは、リンリンとロンロンにおれいをしたかったのです。それで、ごしゅじんとしょうにてつだっていただきました」

「うれしい……」

リンリンが目を潤ませている。

「よかった！」

そんなリンリンの様子に、ぽんたは安堵しているようだ。

「かんぱーい！」

いきなりぽんたが乾杯の音頭を取ったので、一同は慌ててグラスを取り隣の人とそれをぶつけた。

「さ、あったかいうちにローストチキンを食べて。こっちのしらすは小町谷さんの差し入れ。大根サラダは船岡さんが作ってくれたよ」

「おお……ししょうとかごかきのこらぼ！」

「うん、船岡さんはケーキを持ってきてくれたからね、ちゃんとお腹に余裕を残しておいて」

「それはべつばらなのです！」

チキンにナイフを入れて切り分けると、皆の皿に適当に分配する。ぽんたには特別に足をあげると、彼はおいしそうにかぶりついた。

「むおおおおお！」

ぽんたが歓声を上げる。

「どう？」

おいしいに決まっている声だけれど、聞かずにはいられない。

「とても、おいしいです。かわがぱりぱりでしっとり！　なにやら、くさのいいかおりもします」

草――というのは、お腹に詰めたローズマリーのことだろう。

「どれ」

まだ味見をしていなかったので食べてみると、何度もオリーブオイルを回しがけしただけあって、ぱりぱりなのに潤いと両立していた。

奮発した地鶏の味わいを、ごくシンプルな塩味が引き立てている。なんていうのか、味に奥行きがあって飽きがこない。もっともっと食べたくなる。これがローストチキンの醍《だい》醐《ご》味《み》か……！


「うん、いけてる」

「最高なのです！」

「大根サラダも旨いよ」

「悠人、この魚、何？　初めて食べる気がする」

「これはお隣さんにもらったいしもち。生食がおいしいんだって」

「いいなあ。うちも欲しいよ」

「しらすがおいしいの〜」

「この魚、確かに旨いっす」

「鶏肉もいけるわね」

それぞれの感想がクロスして会話はぐちゃぐちゃだけど、それが大勢で食卓を囲む醍醐味というものだ。

ぽんたはもぐもぐとチキンを頬張っていたが、ふと、手を止めた。

「どうしたの？」

「これをしあわせ……というのかなと」

「幸せ？」

「わたくしは、いいことをしようとおもっていました。いいことをたくさん。おしょうさまにあうためのちかみちだと」

「うん」

悠人は頷く。

「でも、それはかんけいなく、リンリンがよろこぶのはうれしい。おしょうさまにあえてもあえなくても」

胸が、苦しい。

考えながら告げられた言葉は、悠人にとってもとてもあたたかいもので。

「よくわからないけど……わたくしは、ただいいことをしたいとおもっていたときよりも、ずっと、ずっと、たのしいのです」

「――そうか……」

それを何と言うのだろう。

今の悠人には判断できないものの、一つだけ断言できるのは、それはすごく素敵だということだ。誰かに何かをしたいという、打算のない純粋な気持ち。

そしてそれを悠人やほかの皆に伝えてくれるのが、何よりも愛おしい。

「……そっか……すごいね」

感極まって、そんな言葉しか出てこない。

「すごいのですか？　これは、いいことですか？」

「とっても素晴らしいよ。ぽんたはどう思う？」

「はい！　たいへん、いいことだとおもいます！」

ぽんたの晴れやかな声が食卓に響く。

ぽんたと同じように、悠人も幸せを見つけたのだ。

こうして大切な誰かといつまでも笑っていられたら、それに勝《まさ》る喜びはない気がする。

ただただこんな一日が少しでも長く続きますように。

「ぽんた、チキンのおかわりは？」

瞼が熱くなってきて、ごまかすために悠人はそう尋ねる。

「もちろん、いただくのです！」

「了解」

ぽんたが目を輝かせながら、自分の皿を差し出してくる。

そんなぽんたを見て笑みを浮かべた悠人は、とびきり大きなピースを彼のために取り分けたのだった。

「北鎌倉の豆だぬき　売れない作家とあやかし家族ごはん」参考文献

「書籍」

「鎌倉に異国を歩く」石井喬　一九九四年、大月書店

「結んでつくるマクラメの猫ハンモック」二〇二二年、エクスナレッジ

「鎌倉の地名由来辞典」三浦勝男（編集）二〇〇五年、東京堂出版

「知れば楽しい古都散歩鎌倉謎解き街歩き」原田寛　二〇一四年、実業之日本社

「パンフレット」

「建長寺」大本山　建長寺（編集）二〇一〇年

《協力》

株式会社　鎌倉紅谷様

株式会社　崎陽軒様

［順不同］

本書は書き下ろしです。

SH-064

北鎌倉の豆だぬき
売れない作家とあやかし家族ごはん

2022年4月25日　第一刷発行

著者　和泉《いずみ》 桂《かつら》
発行者　日向晶
編集　株式会社メディアソフト
〒110-0016
東京都台東区台東4-27-5
TEL：03-5688-3510（代表）/ FAX：03-5688-3512
http://www.media-soft.biz/
発行　株式会社三交社
〒110-0016
東京都台東区台東4-20-9　大仙柴田ビル2階
TEL：03-5826-4424 / FAX：03-5826-4425
http://www.sanko-sha.com/

印刷　中央精版印刷株式会社
カバーデザイン　長崎 綾（next door design）
組版　大塚雅章（softmachine）
編集者　長塚宏子（株式会社メディアソフト）
印藤 純、川武當志乃、菅 彩菜、中世智恵（株式会社メディアソフト）

ISBN 978-4-8155-3535-3